KB269963

거인의 정원

The Selfish Giant

어린 시절 누구나 한 번쯤 읽게 되는 아름다운 동화와 명작들! 이젠 영어로 읽어 볼까요?

한글 번역본을 읽을 때와는 전혀 다른 재미와 감동을 느낄 수 있고, 이미 알고 있는 이야기들이라 생각보다 어렵지 않습니다. 즐겁게 읽어 나가는 사이에 독해력이 쑥쑥 자라는 것은 물론이죠.

「행복한 명작 읽기 Basic」 시리즈는 영어로 된 이야기책을 처음 접하는 왕초보들을 위해 개발되었습니다. 250단어 수준의 짧고 쉬운 문장으로 이루어져 있어 영어 읽기를 처음 시도하는 초급자나 초, 중, 고등학생들이 보다 즐겁게, 보다 효과적으로 영어 명작들을 읽으며 독해력을 키울 수 있습니다.

영어표현 및 문법에 대한 친절한 설명, 어휘 학습과 내용의 이해를 돕는 퀴즈들, 그리고 매 페이지 펼쳐지는 멋진 그림들까지 어디 한 군데 소홀함 없이 구성했습니다. 여기에 권말 특별부록 '독해 길잡이'와 '리스닝 길잡이'를 곁들여 읽기뿐 아니라 체계적인 리스닝 학습까지 아우르고 있습니다. 또한 CD에 '오디오북' 형식으로 전문 미국 성우들의 생동감 넘치는 원음을 담았습니다.

본문은 원어민 전문 필진이 교육부 선정 기본 어휘를 바탕으로 실생활에 많이 쓰이는 기본 어휘를 사용해 표준 미국식 영어로 리라이팅하였기 때문에 학교 영어 학습에도 큰 도움이 될 것입니다. 「행복한 명작 읽기 Basic」 시리즈를 끝낸 후에는 다락원의 5단계 독해력 증강 프로그램 「행복한 명작 읽기」 시리즈를 본격적으로 시작할 기본 영어 실력을 탄탄히 갖추게 되었음을 몸소 느낄 수 있을 것입니다. 「행복한 명작 읽기」 시리즈를 통해 영어를 읽고 듣는 재미에 푹 빠져 보시기 바랍니다.

– 행복한 명작 읽기 연구회 –

오스카 와일드 (1854~1900)
Oscar Wilde

아일랜드 더블린 출생. 아버지는 유명한 안과 의사였고 어머니는 시인이었다. 더블린의 트리니티 칼리지와 옥스퍼드 대학에서 수학했다. 1881년 《시집(詩集)》으로 등단해 88년에는 동화집 《행복한 왕자》를 출간했다. 이 동화집은 1884년에 결혼한 그가 그 무엇보다 소중하게 여긴 두 아들을 위하여 쓴 것으로 그 무렵의 사회에 대한 풍자가 넘치는 걸작이다. 그 후 소설 《도리언 그레이의 초상》, 희곡 《살로메》, 《하찮은 여인》, 《이상적인 남편》 등을 발표하면서 와일드의 명성은 절정에 이른다. 그러나 1895년, 알프레드 더글러스와의 동성연애 혐의로 기소되어 교도소에 수감되었고, 2년 뒤 출감한 후 프랑스로 건너가 파리에서 빈궁하게 살았다. 그는 1900년 11월 30일, 허름한 호텔방에서 가족도 없이 친구와 호텔 주인이 지켜보는 가운데 46세의 나이로 쓸쓸히 생을 마감했다.

'시대가 받아들이지 못한 불운한 천재', '사회의 이단아'라고 불리는 오스카 와일드는 빅토리아 시대 영국의 근엄함과 위선을 거부하고 날카롭게 풍자했다. 그 때문에 조국으로부터 버림받은 작가이기도 했다. 예술지상주의의 대표자로 아름다움을 추구하는 내면의 소리에 충실했던 그의 삶과 작품은 사후 100년이 지나서야 새롭게 조명되었고, 마침내 영국 노동당 정부의 주도로 런던 트라팔가 광장에 그의 동상이 세워지게 된다.

거인의 정원 *The Selfish Giant*

어느 마을의 학교 근처에 아름다운 정원이 있다. 큰 나무 12그루가 복숭아 열매를 맺는 이 정원은 아이들의 놀이터이다. 이곳은 원래 거인의 집이다. 하지만 늘 비어 있기에 아이들은 여기서 마음놓고 뛰어 논다. 어느 날 돌아온 거인이 주인 허락도 없이 자기 영역을 침범하고 있는 아이들을 모두 내쫓고 커다란 돌담을 쌓아올린다. 담에는 '출입금지'라는 간판까지 세운다. 그 이후로 이 정원에는 항상 추운 바람이 부는 겨울만 계속되는데….

이 작품은 1888년 발표한 오스카 와일드의 동화집 〈행복한 왕자 The Happy Prince and Other Stories〉에 수록되어 있다. 아름다운 문체의 이 동화는 이기주의, 친절, 용서, 구원 등의 주제를 담고 있으며, 만화영화로도 만들어져 지금까지 어린이들의 사랑을 받고 있다.

How to Use This Book

이 책, 이렇게 보세요

❶ 영어본문
구문별·문장별로 행이 구분되어 있어
의미를 파악하기 쉽습니다.

❷ 해석 도우미
영문의 요지 및 뉘앙스의 실마리를
제시했습니다.

❸ 어휘 설명
초등 수준에서 조금 어려울 수 있는
단어와 표현은 해당 의미를 명기했습니다.

❹ 문장 설명
중요 문법 사항이 들어있거나 중요한
구문으로 이루어진 문장에는 해석과
설명을 제시했습니다.
조그맣게 어깨 번호가 있는 문장은
하단을 확인해 보세요.

❺ Check-Up
내용 파악을 잘 했는지 바로 확인해보는
퀴즈입니다.

오디오 CD
영미권에서 즐겨 듣는 '오디오북' 형식을 도입해, 원어민 성우가 표준 미국 영어로 내레이션합니다.
어렵지 않게 영어가 귀에 쏙쏙 들어올 것입니다.

How to Improve Reading Ability

왕초보를 위한 독해 가이드

1단계 군더더기는 필요없다, 키워드를 잡아라.

문장 안의 핵심어를 통해 대략적인 의미를 잡아내는 연습을 해보세요. 단어 몇 개 가지고 짐작으로 무슨 내용인지 생각해 보는 게 무슨 실력이냐 하겠지만, 큰 효과가 있답니다. 계속 해나가다 보면 우연히 맞힌 게 아니라 실력으로 맞힌 것임을 알게 될 것입니다.

2단계 길면 쪼개라.

문장을 의미 단위별로 끊어서 읽으세요. 이 책은 대체로 짧은 문장으로 구성되어 있을 뿐 아니라, 간혹 나오는 비교적 긴 문장은 의미 단위에 맞춰 행이 바뀌어 있습니다. 행이 바뀌는 게 거슬리는 순간, 여러분은 다음 단계로 올라가면 됩니다. 이 때 앞에서부터 차례로 의미를 파악하는 습관을 들이세요. 문장을 거슬러 올라오면서 해석하는 버릇이 들면, 읽는 속도에도 문제가 생기지만 리스닝할 때 큰 난관에 부딪히게 됩니다.

3단계 넘겨 짚는 것도 능력이다, 모르면 추측해라.

모르는 단어가 나와도 바로 사전을 찾지 마세요. 문맥 속에서 유추하는 능력도 길러야 합니다. 전혀 모르겠는 문장도 일단 어떤 이야기일 것이라고 생각해 본 다음에 해석을 확인하거나 사전을 찾도록 합니다.

4단계 많이, 여러 번 읽어라.

영어를 정복하는 지름길은 없습니다. 많이 읽고, 여러 번 읽는 사람만이 정상에 오를 수 있습니다. 꾸준히 영어를 접하다 보면 자기도 모르는 사이에 영어 실력이 쑥 올라간 느낌을 경험하게 될 것입니다.

Contents

The Selfish Giant

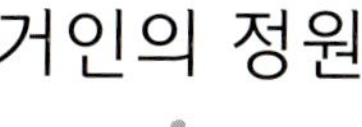

거인의 정원

Before You Read

거인의 정원은 아이들이 놀기에 완벽한 장소였습니다. 하지만 7년 만에 돌아온 거인은 자기 정원에 돌담을 치고 아이들의 출입을 막아 버리네요.

fur coat
털코트
north wind
북풍
roar
으르렁거리다
blow
(바람이) 불다
His breath was like ice.
그의 숨결은 얼음 같았다.
hail 우박
frost 서리
round tower
둥근 탑
old castle
오래된 성
I wonder why Spring is
so late in coming.
봄이 왜 이렇게 늦게 오는지 모르겠네.
cover
덮개
a blanket of snow
덮인 눈, 눈담요
roof tile
기와
garden
정원
giant
거인
huge
매우 큰
gloomy
어둑어둑한, 음울한
stay home
집에 머물다
shiver 떨다

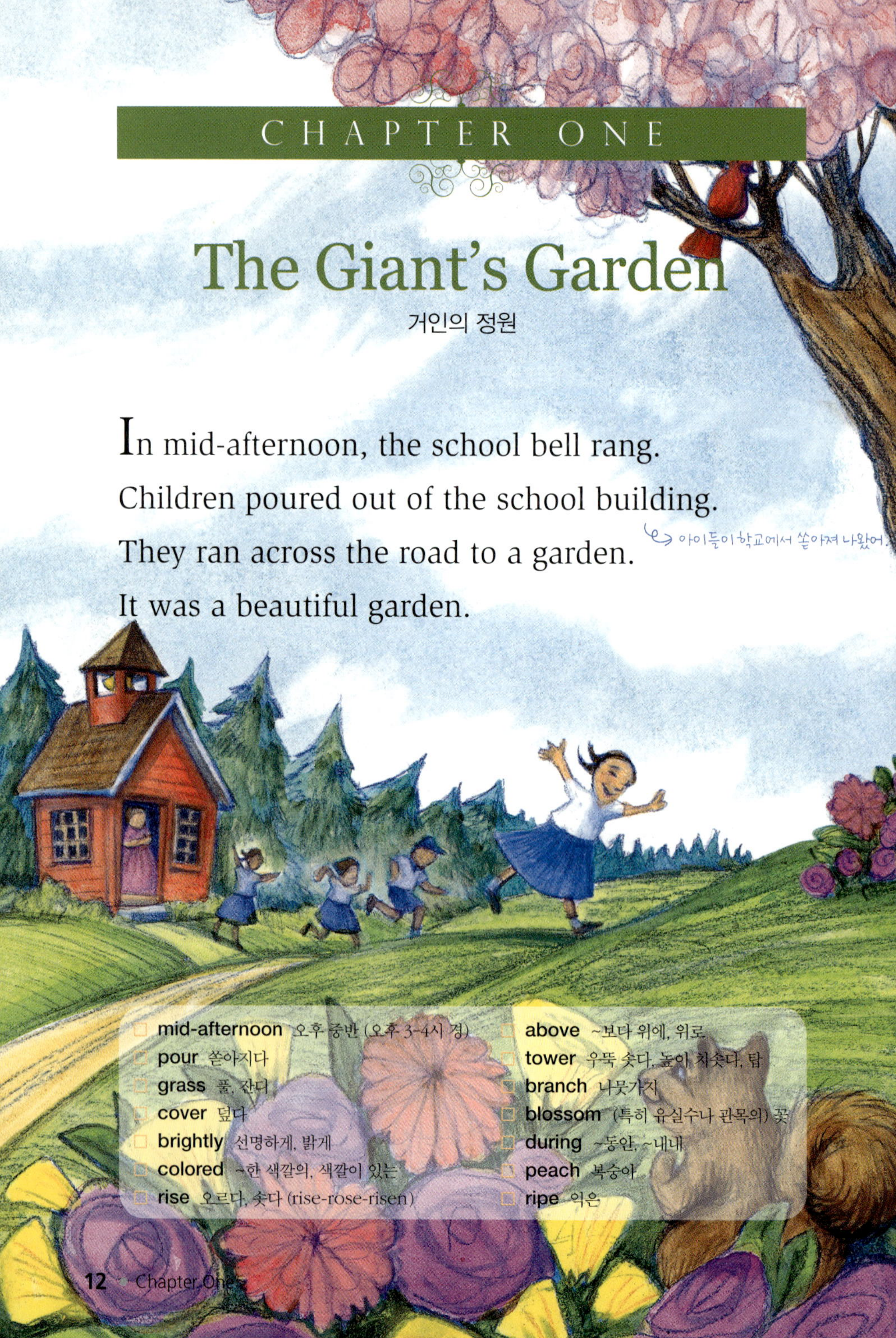

The Giant's Garden

거인의 정원

In mid-afternoon, the school bell rang.

Children poured out of the school building.

They ran across the road to a garden.

It was a beautiful garden.

☐ **mid-afternoon** 오후 중반 (오후 3~4시 경)
☐ **pour** 쏟아지다
☐ **grass** 풀, 잔디
☐ **cover** 덮다
☐ **brightly** 선명하게, 밝게
☐ **colored** ~한 색깔의, 색깔이 있는
☐ **rise** 오르다, 솟다 (rise-rose-risen)

☐ **above** ~보다 위에, 위로
☐ **tower** 우뚝 솟다, 높이 치솟다, 탑
☐ **branch** 나뭇가지
☐ **blossom** (특히 유실수나 관목의) 꽃
☐ **during** ~동안, ~내내
☐ **peach** 복숭아
☐ **ripe** 익은

Green grass covered the ground.

Brightly colored flowers rose above the grass.

Towering above the flowers were trees.[1]

There were twelve of them.

Each tree was tall and strong with many branches.

Every spring, they grew white and pink blossoms.

During the summer, the blossoms became peaches.

In the autumn, the peaches were ripe and golden.

Check Up

정원에 몇 그루의 나무가 있었나요?

ⓐ 12그루   ⓑ 6그루   정답: ⓐ

---

1   나무들은 그 꽃들 위로 우뚝 솟아 있었다. → 주어와 동사의 자리가 바뀐 도치문이에요. 원래는 Trees were towering above the flowers.이죠. towering above the flowers를 강조하기 위해 문장 앞으로 보내면서 주어와 동사 위치가 바뀐 거랍니다. 여기서 tower는 명사가 아니라 '우뚝 솟다'라는 동사로 사용됐다는 점도 눈여겨 봐두세요.

It was the perfect place to play.[1]

The children sat on the cool, thick grass.

They picked flowers and put them in their hair.

They climbed the trees.

They shouted to each other from the branches.

In the autumn, they enjoyed the delicious fruit.

Birds sang from the tops of the trees.

The children listened joyfully.

"How happy we are here," the children often
said.

☐ **perfect** 완벽한	☐ **shout** 외치다, 소리치다	☐ **surround** 둘러싸다, 에워싸다
☐ **cool** 시원한, 서늘한	☐ **enjoy** 즐기다	☐ **castle** 성
☐ **thick** 빽빽한, 굵은	☐ **delicious** 맛있는	☐ **mostly** 주로, 거의
☐ **pick** 따다	☐ **top** 꼭대기, 정상	☐ **round** 둥근, 원형의
☐ **climb** 오르다, 올라가다	☐ **joyfully** 기쁘게, 기쁨에 차서	☐ **tower** 탑

1 그곳은 놀기에 완벽한 장소였다. → **place to play**: 노는 장소, 놀기 위한 장소.
'to+동사', 즉 to부정사인 to play가 앞에 있는 명사 place를 꾸며 주는 거랍니다.
to부정사가 명사를 꾸며 주는 형용사 역할을 할 때는 명사 뒤에 온다는 것 잊지 마세요.
ex I have something to say to you. 나 너한테 할 말 있어.

This garden surrounded an old castle.

It wasn't a very big castle.

It was mostly just a round tower. 그냥 둥근 탑 같았어.

empty 빈, 비어 있는
huge 거대한
obvious 명백한, 분명한
build 짓다, 건축하다 (build-built-built)
dare 감히 ~하다
enough ~할 만큼 (충분히)
actually 실제로, 정말로
belong to ~의 소유이다, ~의 것이다
leave 떠나다 (leave-left-left)
coast 해안
cousin 사촌
conversation 대화, 회화

Most of the children thought the tower was empty.

They never saw anyone living inside it.

However, the door was huge.

It was obvious that a giant had built it.[1]

The children didn't dare go inside.

They were happy enough in the garden.

Actually, the place did belong to a giant.[2]

He had left seven years ago.

He went to the coast.

His cousin lived there.

Seven years is not a long time for giants.

It was just enough time for a good conversation.

✏ ₀₀₀

1　거인이 그것을 지은 것이 확실했다. **→ It is obvious that 주어 + 동사:** ~임이 분명하다. **that** 이하가 진짜 주어이고 **it**은 가주어라고 해요. 주어가 길어지면 이렇게 가주어 **it**을 내세우고 뒤로 빠지기도 하죠.
　　ex It is true that I drew this picture. 내가 이 그림을 그린 것은 사실이다.

2　실제로 그 장소는 거인의 소유였다. **→ do동사 + 동사:** 동사의 의미를 강조할 때는 **do동사**를 앞에 내세워요. 여기서는 과거시제이므로 **did**를 썼어요.

After seven years, the giants stopped talking.[1]

They didn't have any more to say.

The giant decided to return home.

When he arrived, he saw the children.

They were running around his tower.

They were climbing his trees.

The giant became very angry.

"What are you doing here?" he yelled.

His voice was powerful.

He sounded very mean.

"This is my garden!

Who said you could play here?"

The children ran away.

☐ **decide to 동사** ~하기로 결정하다
☐ **return** 돌아오다, 돌아가다
☐ **arrive** 도착하다
☐ **angry** 화난, 성난
☐ **yell** 소리치다, 고함치다

☐ **voice** 목소리, 음성
☐ **powerful** 강력한, 강한
☐ **sound** ~인 것 같다, ~처럼 들리다
☐ **mean** 못된, 심술궂은
☐ **run away** 도망치다 (run-ran-run)

1 7년 후에 거인들은 대화를 멈췄다. ➜ **stop + 동사 -ing:** ~하는 것을 멈추다. 한편,
'stop + to부정사'는 '~하기 위해 멈추다'예요.

   ex I stopped to see the fire in the building.

   나는 빌딩에 난 불을 보기 위해 멈추어 섰다.

   I stopped seeing the fire in the building.

   나는 빌딩에 난 불 구경하는 것을 멈추었다.

The giant was very selfish.

His garden was large.

He didn't always use it.

However, he didn't want to share with anyone.

In fact, he felt insulted.

The children had no right to be on his property.

He built a high stone wall around his garden.

He put signs on the wall.

They said, "Keep Out!

Intruders will be punished!"
Satisfied, the giant settled into his house.
Now, the children were sad.

Check Up

담에 있는 표지판에 무엇이라고 쓰여 있었나요?

ⓐ 환영   ⓑ 출입금지   정답: ⓑ

selfish 이기적인
use 쓰다, 사용하다
share 함께 쓰다, 나누다
in fact 사실은, 실은
insulted 모욕당한, 무시당한
right 권리
property 소유물, 재산

sign 표지판
keep out 출입금지
intruder 침입자, 불청객
punish 처벌하다, 벌주다
satisfied 만족하는
settle 정착하다, (편하게) 앉다
sad 슬픈

When the school bell rang, they walked outside.[1]

They looked at the high wall across the road.

They had nowhere to play. 놀 곳이 없었어.

They couldn't play on the road.

It was dusty and full of small rocks.

It was also dangerous. 먼지 투성이며 작은 돌들이 잔뜩이었어.

Horses and carts often passed by.

So the children just walked around the wall.

They talked in low, sad voices.

"Do you remember the beautiful garden?"

they would say.

"We were so happy there." 우리는 거기서 정말 즐거웠는데.

- ☐ **nowhere** 아무데도 ~않다, 어디에도 ~없다
- ☐ **dusty** 먼지투성이인
- ☐ **be full of** ~로 가득하다
- ☐ **dangerous** 위험한
- ☐ **cart** 수레
- ☐ **pass by** 지나가다
- ☐ **low** 낮은
- ☐ **remember** 기억하다

1　학교종이 울리자 그들은 밖으로 걸어갔다. ➜ when: ~할 때. 종종 '~하면'이라는 조건의 뜻으로도 쓰여요.
ex When the game is over, call me. 그 경기 끝나면 나한테 전화해.

거인이 돌아온 후에 아이들은 어디에서 놀았나요?

ⓐ 학교에서 놀았다.

ⓑ 아무데서도 못 놀았다.

Comprehension Quiz

A 다음 질문에 대한 답으로 퍼즐을 완성하세요.

❶ Where did the children play after school?

❷ What is surrounded by the garden?

❸ How many trees were there in the garden?

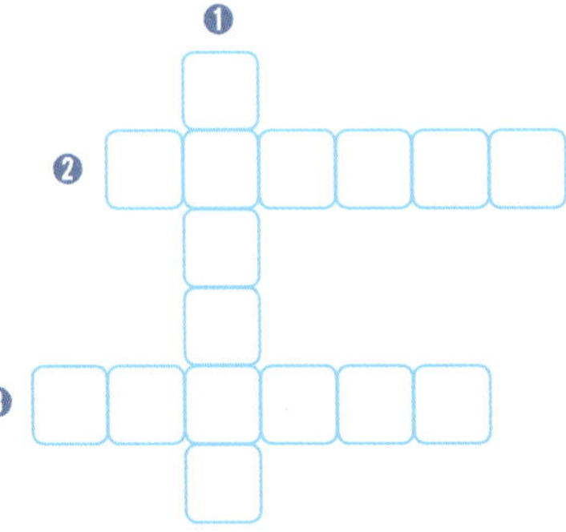

B 다음 내용이 옳으면 T, 틀리면 F에 표시하세요.

❶ Apple trees grew in the giant's garden.　　T　F

❷ The children's school was across the road from the giant's garden.　　T　F

❸ The children loved to explore the tower.　　T　F

❹ The giant was visiting his cousin.　　T　F

Answers

A　❶ garden　❷ castle　❸ twelve

B　❶ F　❷ T　❸ F　❹ T

C 다음 질문에 알맞은 답을 고르세요.

❶ 거인이 성을 지은 것이 확실한 이유는 무엇인가요?

(a) It was not well made.

(b) A picture of the builder was on the wall outside.

(c) A sign said, "Robert the Giant lives here."

(d) The door was huge.

❷ 거인은 얼마 동안 정원을 떠나 있었나요?

(a) Two years   (b) One summer

(c) Seven years   (d) Six months

D 이야기 전개에 맞게 다음 문장을 다시 배열하세요.

❶ Children played in the garden every day.

❷ The giant built a huge wall around the garden.

❸ The giant returned.

❹ The children had nowhere to play.

_______ ⇨ _______ ⇨ _______ ⇨ _______

Answers

C ❶ (d)   ❷ (c)

D ❶ ⇨ ❸ ⇨ ❷ ⇨ ❹

The Long Winter

기나긴 겨울

Winter came, and the children's lessons stopped.
The children stayed home.
Snow and frost covered the land. 눈과 서리가 땅을 덮었어.

Finally, Spring arrived and brought life with her. 드디어 봄이 도착해 생명을 가져왔어.
The snow melted, and green grass grew.

Flowers appeared.

Birds sang in the trees.

But these changes did not happen in the garden.

Winter was still inside the giant's walls.

Spring saw the signs on the walls.

"Keep Out!"

So Spring did not enter.

- lesson 수업, 교습
- stay 머무르다, 남다
- frost 서리, 성에
- land 땅, 뭍
- finally 마침내
- bring 가져오다, 가져다 주다
  (bring-brought-brought)
- life 삶, 생명
- melt 녹다
- appear 나타나다, 생기다
- change 변화
- happen 일어나다, 발생하다
- still 여전히
- enter 들어가다

The plants continued to sleep.

The land was under a blanket of snow.

The tree branches remained empty of leaves and blossoms. 나뭇가지에는 잎과 꽃들이 없는 채였어.

Birds did not visit.

They wanted to sing to the children.[1]

But there were no children in the giant's garden.

So they flew on to sing elsewhere. 그래서 다른 곳으로 노래하러 날아갔어.

Once in a while, a flower would come up.

It would poke its head through the snow.

Then, it would see the signs. 눈을 뚫고 머리를 삐죽 내밀었어.

At once, it felt sorry for the children.

It would retreat under the snow.

- □ **plant** 식물, 초목
- □ **continue to 동사** 계속하여 ~하다
- □ **a blanket of snow**
  (담요처럼 두텁게) 뒤덮은 눈
- □ **remain** 계속(여전히) ~이다
- □ **leaves** leaf(나뭇잎)의 복수형
- □ **elsewhere** 다른 곳에서

- □ **once in a while** 가끔, 이따금
- □ **come up** (땅을 뚫고) 나오다, 움이 트다
- □ **poke one's head** 머리를 쑥 내밀다
- □ **through** ~을 통해, ~ 사이로
- □ **at once** 곧, 즉시
- □ **retreat** 물러가다, 멀어져 가다
- □ **feel like 동사-ing** ~하고 싶다

Back to sleep it would go. 다시 잠자리에 들곤 했어.

The trees didn't feel like making their flowers.

They were sad, too.

Check Up

왜 새들이 거인의 정원에 오지 않았나요?

ⓐ 노래해 줄 아이들이 없어서

ⓑ 먹을 과일이 없어서

답: ⓐ

1 새들은 아이들에게 노래를 해 주고 싶었다. → **want to 동사:** ~하고 싶다.
   want 다음에는 항상 to부정사를 써요.
   ex He wants to be a singer when he grows up. 그는 커서 가수가 되고 싶어 한다.
   I want him to clean his room. 난 그가 자기 방을 치우기를 원한다.

Only Snow and Frost were happy.

"Spring forgot about this garden," said Snow.

"We can play here all year," said Frost.

Snow laid down a thicker blanket of snow.

눈은 더 두꺼운 눈담요를 깔았어.

□ **forget** 잊다, 잊어버리다
(forget-forgot-forgotten)
□ **all year** 일년 내내
□ **lay down** 내려놓다 (lay-laid-laid)
□ **fur** 털, 모피
□ **coat** 외투, 코트
□ **roar** 굉음을 내며 질주하다, 으르렁거리다

□ **bend** 구부러지다, 휘다 (bend-bent-bent)
□ **sometimes** 때때로, 가끔
□ **blow** (바람이) 불다
□ **chimney** 굴뚝
□ **shiver** (추위로) 떨다
□ **delightful** 정말 기분 좋은, 마음에 드는
□ **hail** 우박, 싸락눈

Frost made the trees silver.[1]

Then, they invited North Wind to play with them.

He arrived while wearing many fur coats.[2]

He roared around inside the walls.

The trees bent as he passed.

Sometimes, he would blow down the chimney.

The giant would shiver inside his castle.

"This is a delightful place!" said North Wind.

"We must invite Hail for a visit."

---

1 서리는 나무를 은빛으로 만들었다. → **make + A + 형용사**: A를 ~하게 하다, 만들다

    ex The news made her happy. 그 소식은 그녀를 기쁘게 했다.

2 북풍은 털 코트를 여러 겹 입고 도착했다. → **while**: ~하는 동안, 사이에. 동시에 일어나는 일을 표현해요. 여기서는 He arrived while he was wearing many fur coats.에서 he was를 쓰지 않았어요. 주절의 주어와 같은 경우 이렇게 생략하기도 해요.

Hail came to join the party. 우박이 파티에 합류하려 왔어.

Hail ran around the garden.

He liked to run as fast as he could.[1]

His clothes were gray.

His breath was like ice. 숨결이 얼음장 같았어.

Every day, he rained ice down.

It pounded on the castle roof.

The ice broke roof tiles and windows.

The giant sat by a fire in his castle.

Every evening, he put boards over the broken windows. 매일 저녁 깨진 창문에 판자를 댔어.

Every morning, he would get up and look outside.

"This is very strange," he thought.

봄이 왜 이렇게 늦게 오는지 궁금하네.

"I wonder why Spring is so late in coming."

Every day, the giant hoped for warmer weather.

It never came.

☐ **join** 함께하다, 합류하다	☐ **pound** 치다, 두드리다	☐ **broken** 깨진, 부러진
☐ **clothes** 옷, 의복	☐ **roof** 지붕	☐ **strange** 이상한
☐ **breath** 입김, 숨	☐ **tile** 기와, 타일	☐ **wonder** 궁금해하다
☐ **ice** 얼음	☐ **board** 판자	☐ **weather** 날씨

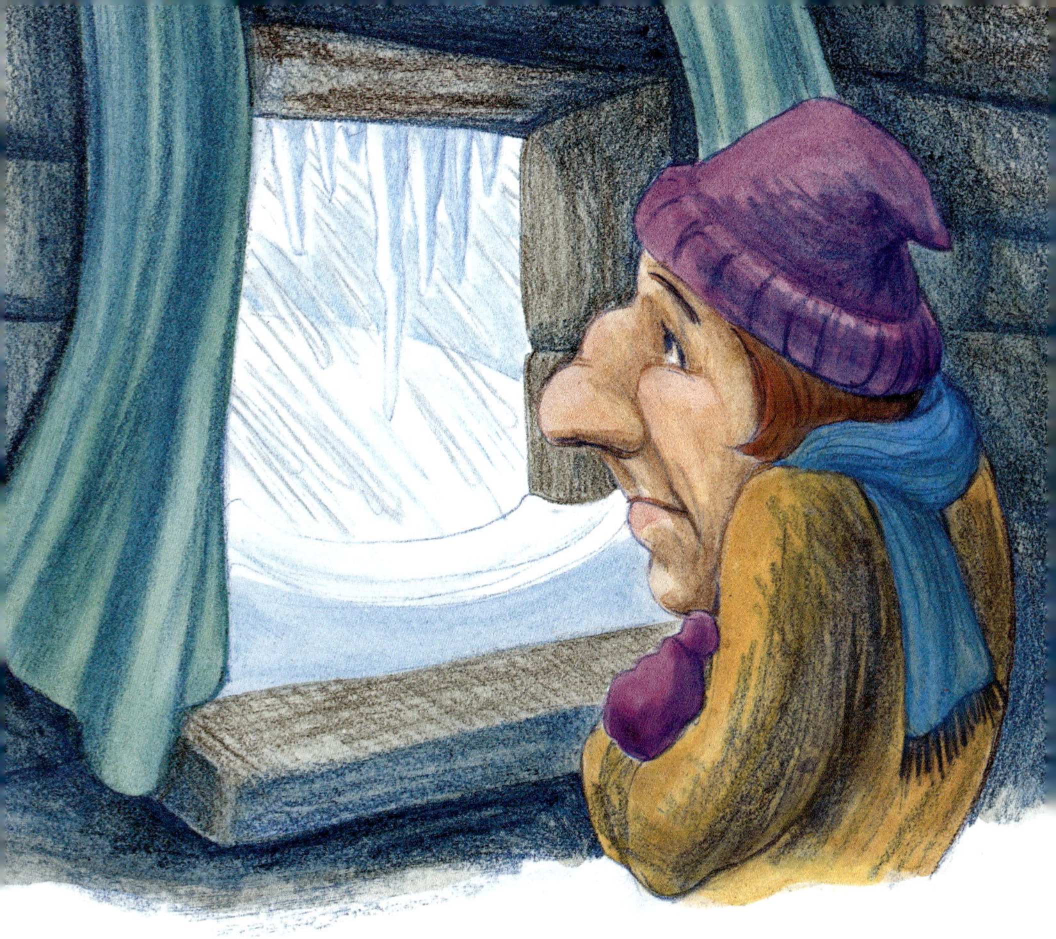

Check Up

우박은 무엇을 했나요?

ⓐ 정원을 축축하게 했다.

ⓑ 기와와 창문을 깨뜨렸다.

정답 b

1 그는 할 수 있는 한 빨리 뛰는 것을 좋아했다. → **as 형용사/부사 as + 주어 + can/could:** 가능한 한 ~하게. 같은 의미로 'as 형용사/부사 as possible'도 흔히 써요.

ex I will come as soon as I can. / I will come as soon as possible.
가능한 한 빨리 올게.

Outside the walls, Spring changed to Summer.

Summer gave way to Autumn.

Autumn gave ripe, delicious fruit to many
gardens.

Then, she went to the giant's garden.

"He is too selfish," she thought.

"I will not give him any gifts."[1]

So she passed by and did not stop.

There was no fruit in the garden that year.

Winter kept its icy grip.

Snow, Frost, North Wind, and Hail played
continually.

Outside in the world, Winter came again.

☐ **give way to** ~에게 양보하다
☐ **selfish** 이기적인
☐ **gift** 선물
☐ **pass by** 지나가다, 지나치다
☐ **keep** 간직하다, 유지하다
☐ **icy** 얼음같이 찬

☐ **grip** 움켜짐, 꽉 붙잡음
☐ **continually** 끊임없이, 계속적으로
☐ **be in bed** 누워 있다, 자고 있다
☐ **move around** 이리저리 움직이다
☐ **cover** (침대) 커버, 이불
☐ **lie** 눕다 (lie-lay-lain)

By this time, the giant was usually in bed.

It was too cold for him to move around.[2]

For months, he just lay under the covers.

1 난 그에게 어떤 선물도 주지 않을 거야. ➜ any는 부정문에서 '아무, 아무 것'의 뜻
   으로 쓰여요. 긍정문에서는 some, 부정문과 의문문에서는 any를 주로 쓴답니다.
   ex Do you have any questions? 질문 있으세요?
      Yes, I have some. 네, 있어요.
2 그가 돌아다니기에는 너무 추웠다. ➜ too 형용사 + to 동사: ~하기에는 너무, ~
   하다, 너무 ~해서 ~할 수 없다.
   ex It is too difficult for me to solve the problem. 그 문제는 나한텐 너무 어
      려워서 못 풀겠다.

A 등장인물과 대사를 바르게 연결하세요.

❶ • • (a) "We must invite Hail for a visit."

❷ • • (b) "We can play here all year."

❸ • • (c) "This is very strange."

B 다음 내용이 옳으면 T, 틀리면 F에 표시하세요.

❶ Spring came to the giant's garden. ☐T ☐F

❷ Hail liked to run fast. ☐T ☐F

❸ Ice pounded on the castle roof every day. ☐T ☐F

❹ The giant thought it was strange that Spring did not come. ☐T ☐F

Answers

A ❶ (c) ❷ (a) ❸ (b)

B ❶ F ❷ T ❸ T ❹ T

C 다음 질문에 알맞은 답을 고르세요.

❶ 북풍은 어디로 불곤 했나요?

(a) Under the door

(b) Through cracks in the walls

(c) Down the chimney

(d) Through an open window

❷ 거인은 하루 종일 무엇을 했나요?

(a) He stayed in bed under the covers.

(b) He tended his garden.

(c) He fixed holes in the wall.

(d) He put up more signs.

D 이야기 전개에 맞게 다음 문장을 다시 배열하세요.

❶ Hail came to join the party.

❷ Winter came.

❸ The giant usually stayed in bed.

❹ Spring did not enter the garden.

______ ⇨ ______ ⇨ ______ ⇨ ______

Answers

C ❶ (c)   ❷ (a)

D ❷ ⇨ ❹ ⇨ ❶ ⇨ ❸

Before You Read

peach
복숭아
ripe
익은
sweet smell
달콤한 향기
reach
(손이) 닿다
adventure
모험
pick
따다
playfulness
명랑함
perfect place to play
놀기에 완벽한 곳
race
경주하다
amazing 놀라운
wonder 놀라움, 경이로움
incredible 믿을 수 없는
silver 은색의
glow
빛나다
Come and play in my garden.
내 정원에 와서 노세요.
You will find peace and happiness.
평화와 행복을 찾으실 거예요.
sight
광경
the littlest boy
가장 작은 소년
red mark
빨간 자국
wound of love
사랑의 상처
bare 벌거벗은, 맨살의
corner
구석
calm 평온한, 침착한
peaceful 평화로운

Spring Returns

봄이 돌아오다

One day, the giant was staring at the ceiling as usual.

He heard some lovely music.

"Where is that coming from?" he wondered.

"The king's musicians must be passing by."

In reality, it was just a bluebird.

The bird was singing outside his window.

It had been a long time since the giant had heard a bird.[1]

- □ **stare at** ~을 응시하다, 쳐다보다
- □ **ceiling** 천장
- □ **as usual** 늘 그렇듯이, 평상시처럼
- □ **lovely** 사랑스러운, 아름다운
- □ **musician** 음악가
- □ **in reality** 사실은, 실제로는
- □ **wonderful** 훌륭한, 아주 멋진

He thought the music was wonderful. ↪ 그 음악이 정말 멋진 것 같았어.

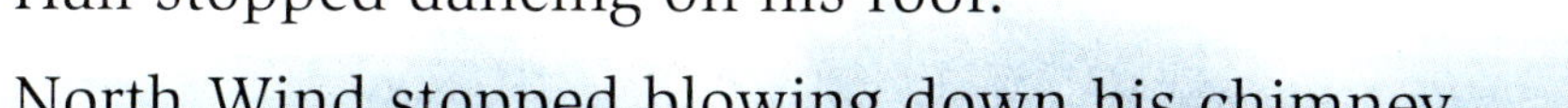

Hail stopped dancing on his roof.

North Wind stopped blowing down his chimney.

Check Up

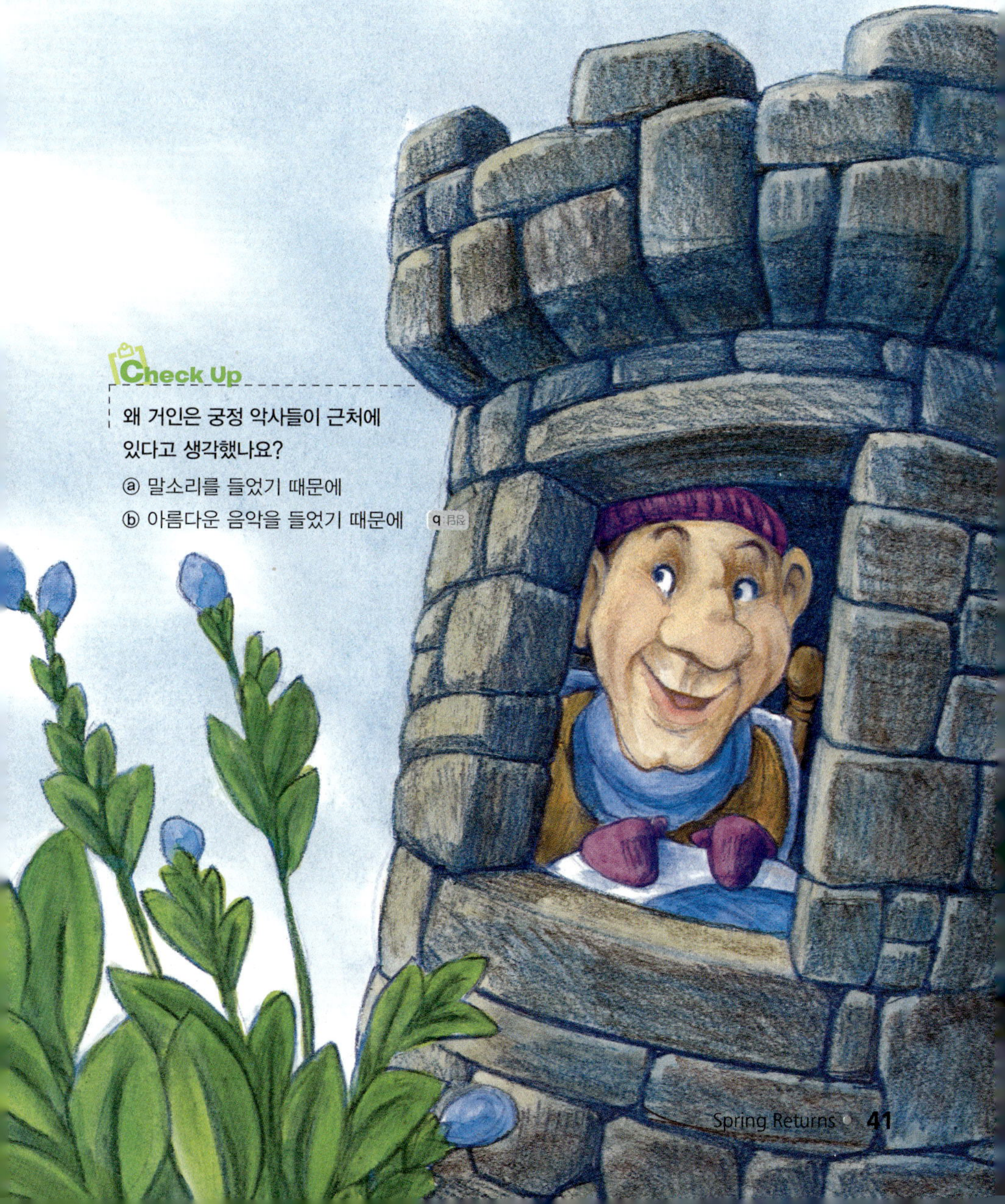

왜 거인은 궁정 악사들이 근처에 있다고 생각했나요?

ⓐ 말소리를 들었기 때문에

ⓑ 아름다운 음악을 들었기 때문에

Then, the giant smelled perfume.

It was the sweet smell of fresh flowers.

"I think Spring has come at last," thought

the giant.

He jumped out of bed.

He went over to a window.

The giant expected to see the king on the road.

- **smell** 냄새 맡다 , 냄새
- **perfume** 향수, 향내
- **sweet** 달콤한, 단
- **fresh** 신선한
- **at last** 마침내, 드디어
- **jump** 벌떡 일어나다
- **expect** 예상하다, 기대하다
- **instead** 대신에
- **quite** 꽤
- **remarkable** 놀라운
- **crawl** 기어가다, 기다
- **hole** 구멍

Instead, he saw something quite remarkable.

Children were playing in his garden.

They had crawled through a small hole in the

wall. 담에 난 작은 구멍으로 아이들이 기어 들어왔어.

Some were running under the trees.

Green grass was under their feet.

The giant was happy to see the green grass again.

거인은 초록 잔디를 다시 보게 되어 기뻤어

Other children climbed the trees.

They sat in the branches and played.

The trees seemed happy.

They welcomed
the children.

나무들이
기뻐하는 것 같았어

- welcome 환영하다, 맞이하다
- gently 부드럽게
- wave 흔들리다, 나부끼다
- scene 장면
- heart 가슴, 심장, 마음
- kindness 친절, 다정함

The branches gently waved over the children.

Pink and white blossoms covered the branches.

Birds flew between the trees. 

Their singing was very lovely.

The flowers had also come out.

They were standing tall above the grass.

Everyone was having a great time.[1]

It was a lovely scene.

The giant's cold heart began to warm.

He felt kindness start to grow inside him.

Check Up

나뭇가지에는 무엇이 덮여 있었나요?

ⓐ 꽃　　　ⓑ 이끼　　　　　　정답: ⓐ

1 모두가 즐거운 시간을 보내고 있었다. → **everyone**: 모든 사람. 항상 단수 취급해요. everything, everyday 등 every-가 들어간 단어들은 단수형이에요.
ex Everyone has his/her own standard. 모든 사람은 자기만의 기준이 있다.

Then, the giant saw something odd.

Winter remained in one corner of the garden.

겨울이 정원 한 구석에 남아 있었어.

In that corner was a small boy.

He was looking up at a tree.

He was too small to climb up. 너무 작아서 올라갈 수 없었어.

He cried as he walked around the tree.[1]

The tree was still covered with snow and frost.

North Wind roared around its top.

"Climb up, little boy!" said the tree.

It even lowered its branches.

But the boy was too small.

He could not reach high enough. 그는 그 높이까지 닿을 수 없었어.

The giant suddenly understood.

Without children, the garden was useless.

- odd 이상한, 특이한
- remain 남다, 남아 있다
- corner 구석, 모퉁이
- even 심지어, ~조차
- lower ~을 내리다, 낮추다
- reach ~에 닿다, 이르다

- suddenly 갑자기
- understand 이해하다
  (understand-understood-understood)
- without ~없이
- useless 소용없는, 쓸모없는
- realization 깨달음, 인식

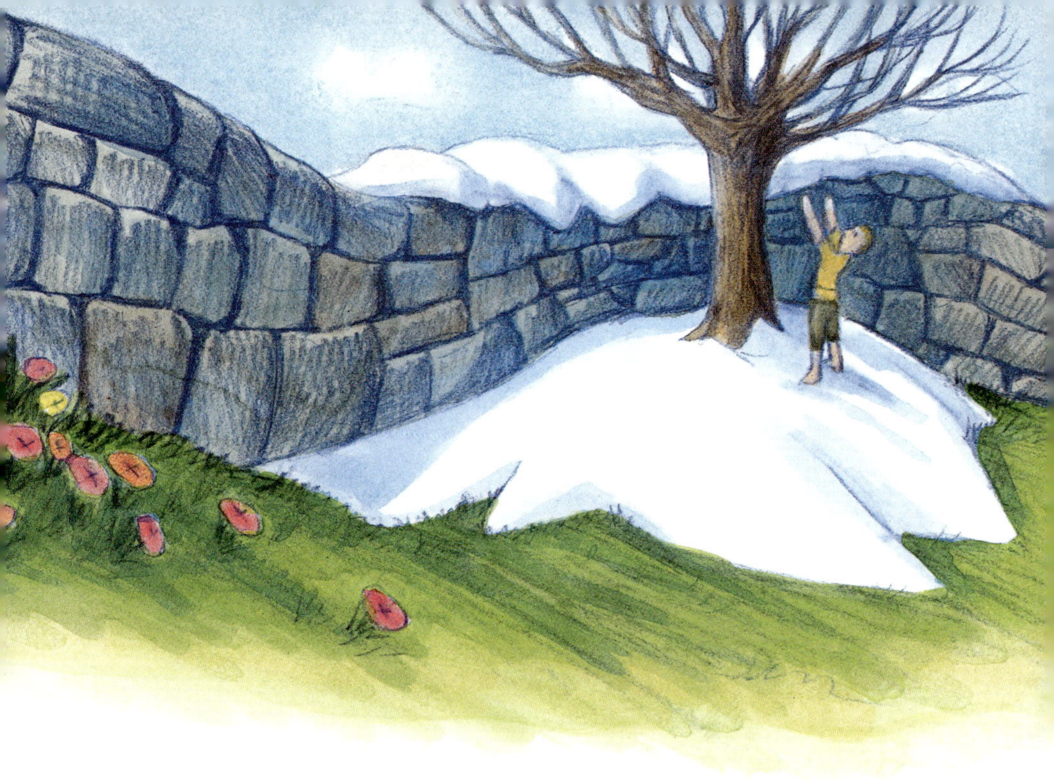

It would remain as cold as his heart.[2]

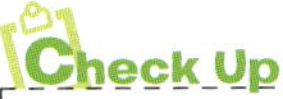

With this realization, the giant changed. → 이런 깨달음이 들자 거인이 변했어.

Check Up

거인은 정원에 대해 무엇을 깨달았나요?

ⓐ 정원에 아이들이 필요하다는 것

ⓑ 정원에 더 많은 물이 필요하다는 것

정답: a

1 그는 나무 주위를 걸으면서 울었다. → **as:** ~하는 동안, 하면서. '~ 때문에, ~처럼'의 뜻도 있어요.

2 정원은 그의 마음만큼이나 차갑게 남아 있을 것이다. → **as + 형용사 + as:** ~만큼. 두 대상이 같은 정도임을 나타내는 표현이에요.

- ☐ **warmth** 따뜻함
- ☐ **downstairs** 아래층으로
- ☐ **front door** 현관, 정문
- ☐ **at first** 처음에
- ☐ **shocked** 충격 받은, 얼떨떨한
- ☐ **fear for** ~을 걱정하다, 염려하다
- ☐ **life** 목숨, 생명

- ☐ **gone** 사라진, 없어진
- ☐ **entire** 전체의, 온
- ☐ **past year** 지난해
- ☐ **pay attention to** ~에 주의를 기울이다 (pay-paid-paid)
- ☐ **straight** 곧장, 곧바로
- ☐ **scatter** 흩어지다

The giant's heart seemed to grow in warmth and size.[1]

"How selfish I have been!" he cried. 내가 너무 이기적이었구나!

He ran downstairs and went out his front door.

At first, the children were shocked.

They feared for their lives. 너무 두려웠어.

They had thought the giant was gone.

No one saw him the entire past year.

The giant paid no attention to them.

He ran straight to the corner of his garden.

He ran straight for the little boy. 그는 곧장 정원 구석으로 달려갔어.

The other children scattered.

Check Up

거인이 왔을 때 아이들은 어떻게 했나요?

ⓐ 도망갔다.

ⓑ 기뻐서 소리쳤다.　　　정답: ⓐ

1　거인의 마음이 따뜻해지고 커지는 것 같았다. → **seem to 동사**: ~한 것 같다.
한편, 'seem to 현재완료'는 과거의 상황을 나타내어 '~했던 것 같다'라는 뜻이랍니다.
ex He seems to have forgotten the appointment. 그는 약속을 잊었던 것 같다.

As the children left, the garden changed.

아이들이 떠나자 정원이 변했어.

Snow covered the ground again.

Flowers disappeared.

Blossoms went back into the tree branches.

꽃들이 다시 가지 속으로 들어갔어.

Frost covered the trees.

The giant did not notice these things.

He only looked at the small boy.

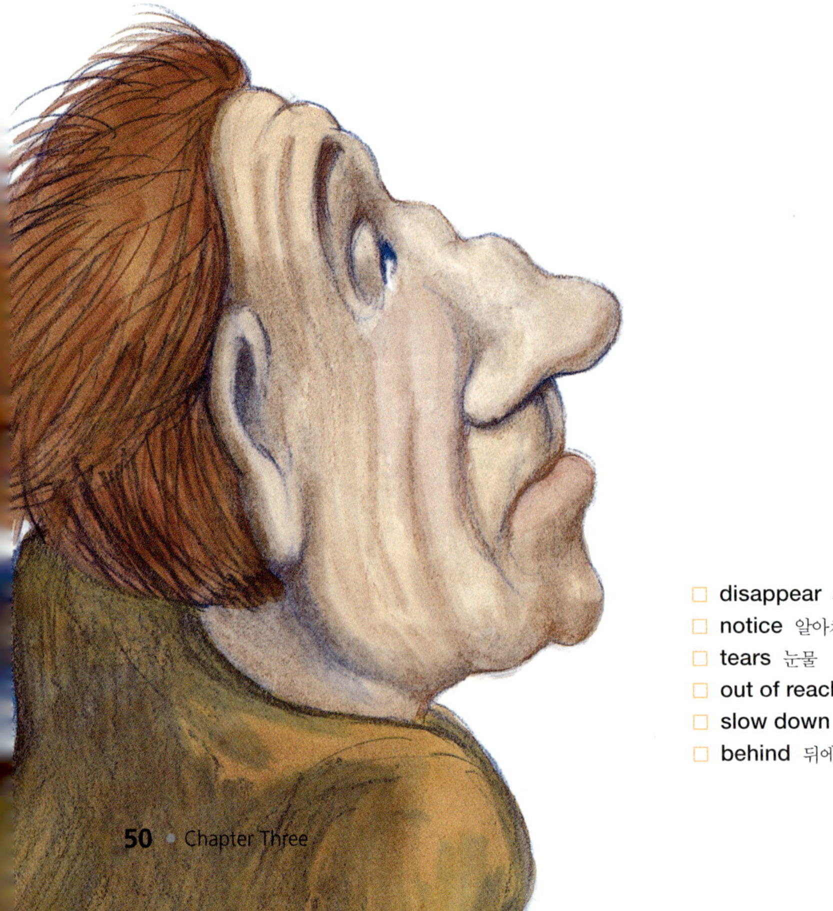

- disappear 사라지다
- notice 알아채다
- tears 눈물
- out of reach 손이 닿지 않는
- slow down (속도를) 늦추다
- behind 뒤에

The boy did not know the giant was coming.[1]

He could not see much through his tears.

He only looked at the tree.

The branches were just out of reach.

The giant slowed down.

He came up behind the boy.

---

1 소년은 거인이 오고 있는 것을 알지 못했다. → **know that 주어 + 동사:** ~임을
알다. that 이하의 절이 know의 목적어가 되는 거예요. that은 흔히 생략하기도 해요.
ex I knew (that) he won the contest. 그가 대회에서 1등한 걸 난 알고 있었다.

Gently, the giant took the boy's hand.

"I will help you little one,"[1] he said.

Then, he placed his hands on the boy's sides.

아이의 양옆구리에 손을 올렸어.

The giant lifted the boy easily.

He put him lightly down on the first branch.

Instantly, the tree changed.

The frost on its trunk disappeared.

Blossoms opened on its branches.

Birds landed on the top branches.

새들이 꼭대기에 있는 나뭇가지에 내려앉았어.

The ground under the tree changed also.

Green grass replaced the snow.

The giant smiled at the boy.

The boy clapped his hands and laughed.

Then, he put his arms around the giant's neck.

아이는 거인의 목을 껴안았어.

He kissed the giant on the cheek.

☐ **place** 두다, 놓다
☐ **side** 옆구리
☐ **lift** 들어 올리다
☐ **easily** 쉽게, 수월하게
☐ **instantly** 즉각, 즉시

☐ **trunk** (나무의) 몸통
☐ **land** 내려앉다
☐ **replace** 대신하다
☐ **smile at** ~을 보고 미소 짓다
☐ **clap one's hands** 박수 치다

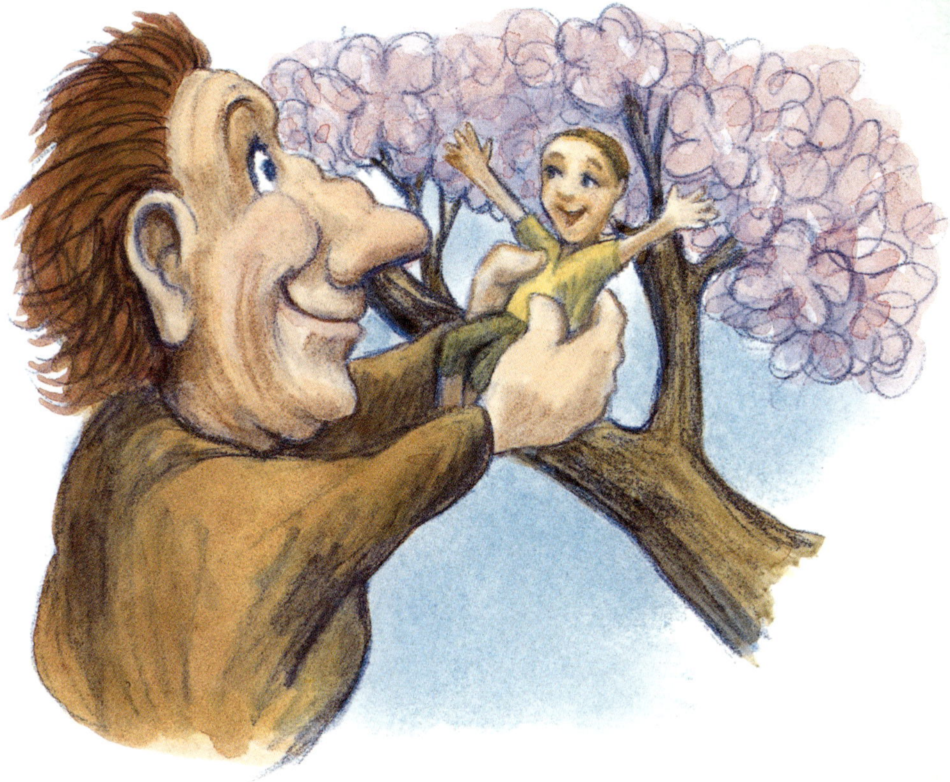

Check Up

거인은 꼬마에게 무엇을 했나요?

ⓐ 꼬마를 나무에 올려 놓았다.

ⓑ 꼬마를 위해 저녁을 요리했다.

정답: a

1 내가 널 도와줄게, 꼬마야. → **will:** ~할 것이다, 하겠다. 미래의 일을 나타내는 표현이에요. 다른 미래형 표현보다 will에는 주어의 의지가 많이 담겨 있어요.

ex I will finish this book tonight. 난 오늘 밤 이 책을 다 읽겠어.

The other children were watching.

They were looking through the hole in the wall.

They saw the giant was nice now. 이제 거인이 착해진 걸 알았어.

He was no longer selfish and mean.

Slowly, they came back into the garden.

천천히 정원으로 돌아왔어.

The ground under their feet changed.

☐ **look through** ~을 통해 보다
☐ **no longer** 더 이상 ~아닌
☐ **feet** foot(발)의 복수형
☐ **slowly** 천천히

☐ **poke up** 쑥 내밀다
☐ **stand tall** 우뚝 서다 (stand-stood- stood)
☐ **lose** 잃다 (lose-lost-lost)
☐ **place** 자리, 장소

It turned from snow to green grass.

Flowers slowly poked their heads up.

They saw the children returning.[1]

They stood tall again.

Birds returned to the branches.

Snow, Frost, North Wind, and Hail left.

They lost their place in the giant's garden.

그들은 거인의 정원에서
자리를 잃었어.

1   그것들은 아이들이 돌아오는 것을 보았다. → **see + A + 동사-ing**: A가 ~하
    는 것을 보다. '동사-ing' 대신 동사원형을 쓸 수도 있어요. hear, listen, watch,
    notice 등의 동사도 이와 같은 형태로 표현해요.
    ex I heard him snoring. 난 그가 코고는 소리를 들었다.

Comprehension Quiz

A 다음 단어의 반대말을 완성하세요.

❶ big ↔ l_ _ _ _ _

❷ sad ↔ h_ _ _ _

❸ cold ↔ w_ _ _

❹ bottom ↔ t_ _

B 다음 내용이 옳으면 T, 틀리면 F에 표시하세요.

❶ A bluebird sang outside the giant's window.　　T　F

❷ A small child fell from a tree.　　T　F

❸ The little boy told North Wind to go away.　　T　F

❹ The children watched through a hole in the wall.　　T　F

56

C 다음 질문에 알맞은 답을 고르세요.

❶ 거인이 성 밖으로 나오자 아이들은 어땠나요?

(a) They feared for their lives.

(b) They wanted to save the little boy.

(c) They were very happy.

(d) They were ashamed they disobeyed the signs.

❷ 작은 소년은 거인에게 무엇을 했나요?

(a) He climbed to the top of the tree.

(b) He kissed the giant.

(c) He scolded the giant for being mean before.

(d) He gave the giant a flower.

D 이야기 전개에 맞게 다음 문장을 다시 배열하세요.

❶ The giant saw children playing in the garden.

❷ The little boy clapped his hands and laughed.

❸ The giant heard music.

❹ The children ran for their lives.

________ ⇨ ________ ⇨ ________ ⇨ ________

Answers

C ❶ (a)   ❷ (b)

D ❸ ⇨ ❶ ⇨ ❹ ⇨ ❷

A New Giant

새로 태어난 거인

The giant changed completely.

He smiled now.

His eyes were friendly.

He said, "Children, forgive me.

This garden is yours now. ↩ 이 정원은 이제 너희들 것이야.

Play here, and be happy."

Then, the giant went into his tower.

He came right back out. ↩ 곧바로 나왔어.

A huge hammer was in his hands.

He used it to knock down the wall.

↩ 그는 망치로 담을 허물었어.

He picked up the stones.

☐ **completely** 완전히, 전적으로　　☐ **knock down** 무너뜨리다, 때려 부수다
☐ **friendly** 친근한, 상냥한　　☐ **pick up** ~을 집다, 들어 올리다
☐ **forgive** 용서하다　　☐ **bench** 벤치
☐ **hammer** 망치　　☐ **noon** 정오

He made benches for the children.

He placed stones for them to jump on.[1]

By noon, his work was finished.

1 그는 그들이 뛸 수 있도록 돌들을 놓았다. → to jump라는 동작의 주체는 바로 앞에 있는 them이에요. to부정사의 의미상 주어는 이렇게 흔히 'for + 목적어'의 형태로 써요.

ex It is a hard book for me to understand. 그건 내가 이해하기 어려운 책이다.

Townsfolk passed by on the road.

They looked at the scene in wonder.

Children played happily under the trees.

They raced along flat stone paths.

The giant sat on the green grass.

Bold children climbed on his back.

They sat on his shoulders.

The giant laughed big, deep laughs.

The scene was wondrous and beautiful.

Evening came.

It was time for the children to go home.

Each one said goodbye to the giant.

They thanked him for his generosity.

The giant smiled and patted each on the head.

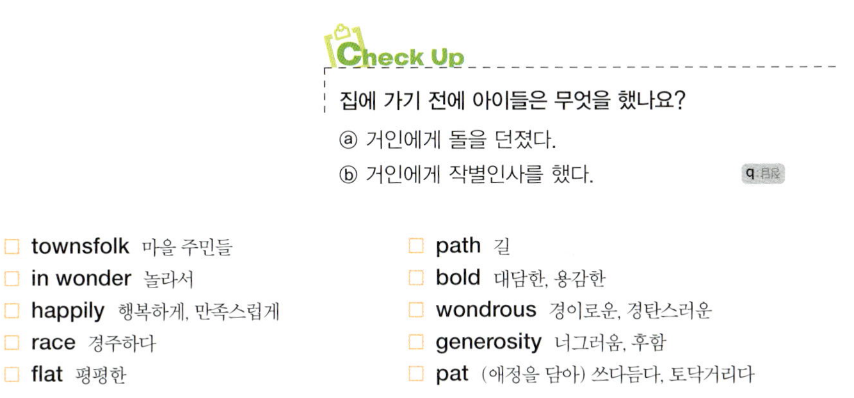

Check Up

집에 가기 전에 아이들은 무엇을 했나요?

ⓐ 거인에게 돌을 던졌다.

ⓑ 거인에게 작별인사를 했다.

정답: ⓑ

- □ **townsfolk** 마을 주민들
- □ **in wonder** 놀라서
- □ **happily** 행복하게, 만족스럽게
- □ **race** 경주하다
- □ **flat** 평평한
- □ **path** 길
- □ **bold** 대담한, 용감한
- □ **wondrous** 경이로운, 경탄스러운
- □ **generosity** 너그러움, 후함
- □ **pat** (애정을 담아) 쓰다듬다, 토닥거리다

Then, the giant frowned.

"But where is the littlest boy?"[1] he asked.

"The one I put in the tree." 내가 나무에 올려 주었던 아이 말이야.

The other children looked around.

They didn't know where that boy was.[2]

"Maybe he already went home," said a little girl.

"Tell him to come again tomorrow," said
the giant. 내일 다시 오라고 전해 주렴.

However, none of the children really knew
the little boy.

"We never saw that boy before today," said one.

"I thought his family had just moved here," said
another. 그 친구 가족이 얼마 전에 여기로 이사온 것 같았어요.

☐ **frown** 눈살을 찌푸리다, 얼굴을 찡그리다
☐ **maybe** 아마, 어쩌면
☐ **none** 아무도 ~아닌
☐ **move** 이사하다

1 그런데 가장 작은 그 소년은 어디 있니? **→ the littlest**: 가장 작은. 최상급 표현이에요. 형용사나 부사에 **-est**를 붙이거나, 긴 단어의 경우 앞에 **the most**를 넣어서 만들어요. 최상급 표현 앞에는 항상 **the**를 쓰는 데 유의하세요.
   cf pretty - the prettiest / smart - the smartest
      beautiful - the most beautiful / difficult - the most difficult
2 그들은 그 소년이 어디에 있는지 몰랐다. **→ where 주어 + 동사**: 어디서 ~하는지, ~하는 곳. where 다음에 '주어 + 동사'의 순서로 쓰는 데 유의하세요.
   ex They decided where they went for vacation. 그들은 휴가로 어디에 갈지 결정했다.

The giant felt sad.

He loved that little boy the most. ⟶ 그 작은 소년이 가장 좋았어.

He remembered the hug and kiss the boy had

given him.[1]

Every afternoon, the children came.

After school, they would run across the road.

The giant welcomed them.

He played with the children.

He was careful to be gentle.

Every day, he looked for his little friend.

But that little boy never appeared.

"I would really like to see him," the giant said.

Check Up

거인은 매일 누구를 찾았나요?

ⓐ 작은 소년　　　ⓑ 궁정 악사들

정답: ⓐ

- the most 가장 (much의 최상급)
- remember 기억하다
- hug 포옹
- after school 방과 후에
- careful 조심하는, 세심한
- gentle 온화한, 순한
- look for ~을 찾다
- would like to 동사 ~하고 싶다

1 그는 그 소년이 그에게 해준 포옹과 입맞춤을 기억했다. → hug and kiss the boy had given him: 그 소년이 해준 포옹과 입맞춤. the boy had given him 은 앞의 hug and kiss를 꾸며 주는 말이에요. the boy 앞에 that이 생략되어 있죠.

ex I liked the gift (that) Mom gave me. 나는 엄마가 주신 선물이 마음에 들었다.

Many years passed.

The children grew up.

They had families of their own.

They sent their children to play in the garden. 정원에서 놀라고 아이들을 보냈다.

New children came and played.

They made friends with the giant.

The giant became old and weak.[1]

He put a big chair in the garden.

He sat there as children played around him.

He smiled at the children's adventures.

Their playfulness made him happy. 아이들의 명랑함이 그를 기쁘게했어.

- ☐ **pass** (시간 등이) 지나다
- ☐ **grow up** 자라다 (grow-grew-grown)
- ☐ **own** 자신
- ☐ **send** 보내다 (send-sent-sent)

- ☐ **weak** 약한
- ☐ **adventure** 모험
- ☐ **playfulness** 명랑함
- ☐ **admire** 감탄하다, 감탄하며 바라보다

1 거인은 늙고 약해졌다. → **become + 형용사:** ~해지다, ~하게 되다. 상태가 변해 가는 것을 표현하는 말이에요. become 대신 get이나 grow도 흔히 써요.
   ex The giant got old and weak. / The giant grew old and weak.
   거인은 늙고 약해졌다.

He sat and admired his garden and the children.
"I have many beautiful flowers," he thought.
"My trees grow the most delicious fruit. 내 나무들은 가장 맛좋은 과일을 길러내지.
But the children are the most beautiful of all."

Check Up

거인은 정원에서 가장 아름다운 것은 뭐라고 생각했나요?

ⓐ Flowers ⓑ Children

답: b

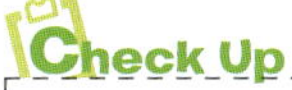

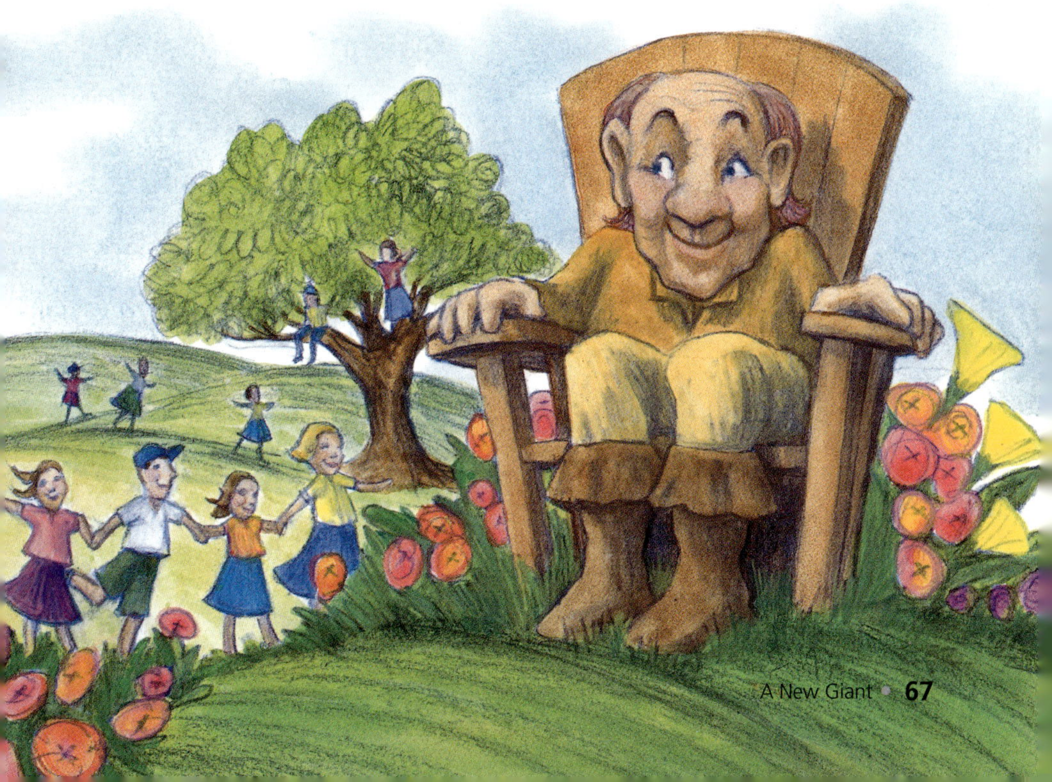

Comprehension Quiz

A 변화한 거인을 묘사하는 표현을 모두 고르세요.

selfish

crazy

kind

gentle

angry

generous

B 다음 내용이 옳으면 T, 틀리면 F에 표시하세요.

❶ The giant used stones from the wall to build benches.　T　F

❷ The giant only allowed small children to play in the garden.　T　F

❸ The little boy had many friends in town.　T　F

❹ The giant sat in his garden and admired the children.　T　F

Answers

A　gentle, kind, generous

B　❶ T　　❷ F　　❸ F　　❹ T

C 다음 질문에 알맞은 답을 고르세요.

❶ 마을 사람들은 거인의 정원을 보고 어떤 기분이 들었나요?

(a) Fear　　　(b) Disgust　　　(c) Ordinary　　　(d) Wonder

❷ 소년은 어디로 갔나요?

(a) Nobody knew.

(b) He went back to school.

(c) He went to the hospital because he was sick.

(d) He went to his house in town.

D 이야기 전개에 맞게 다음 문장을 다시 배열하세요.

❶ Children climbed on the giant's back.

❷ The children's children played with the giant.

❸ The giant tore down the wall.

❹ The giant asked about the little boy.

______ ⇨ ______ ⇨ ______ ⇨ ______

Answers

C　❶ (d)　❷ (a)

D　❸ ⇨ ❶ ⇨ ❹ ⇨ ❷

CHAPTER FIVE

The Little Boy Returns

소년, 돌아오다

One winter morning, the giant woke up.

He did not hate winter now.

The season only lasted a few months.

Soon, it would be spring again. ↝ 그 계절은 몇 달만 지속되었거든.

The trees would bloom.

Green grass would replace white snow.

Flowers would give off their perfume. ↝ 꽃들은 향기를 내뿜을 거야.

The giant started to put on his clothes.

He moved over to the window.

He saw a strange sight.

He rubbed his eyes.

Was he still asleep and dreaming? ↝ 아직 잠들어 꿈꾸고 있던 건가?

☐ **wake up** (잠에서) 깨다
  (wake-woke-woken)
☐ **hate** 몹시 싫어하다
☐ **season** 계절

☐ **last** 지속하다
☐ **soon** 곧
☐ **bloom** 꽃을 피우다
☐ **give off** (냄새를) 내다, 발하다

He pinched himself.

"Ow, that hurts," he said.

He knew he wasn't dreaming. 꿈꾸는 건 아니었군.

But the scene was incredible.

☐ **put on** (옷을) 입다
☐ **sight** 광경, 모습
☐ **rub** 문지르다, 비비다
   (rub-rubbed-rubbed)
☐ **asleep** 잠들어 있는
☐ **pinch** 꼬집다
☐ **hurt** 아프다
☐ **incredible** 믿기 힘든

Most of his garden was cold and gloomy.

Just one corner of his garden glowed. 정원의 한 구석만 빛났어.

A warm, golden light covered the area.

In this one corner stood a silver tree.

Its branches were covered in white blossoms.

Underneath the tree, the grass was dark green.

And on the grass stood a little boy. 잔디 위에 작은 소년이 서 있었어.

The giant rubbed his eyes.

He couldn't believe what he saw.[1]

It was the little boy from long ago!

그 옛날의 작은 소년이었어!

- [ ] **gloomy** 음울한, 어둑어둑한
- [ ] **glow** 빛나다
- [ ] **underneath** ~의 밑에, 아래에
- [ ] **dark green** 짙은 녹색
- [ ] **long ago** 오래 전에, 옛날에
- [ ] **full of joy** 기쁨으로 충만한

1 그는 자신이 본 것을 믿을 수 없었다. ➡ **what + 주어 + 동사:** ~한 것, 무엇을 ~ 할지.

ex I don't remember what I saw there. 나는 내가 거기서 본 것을 기억 못 하겠어.

Now, here he was again.

He didn't look any older. 더 나이가 든 것 같지 않았어.

The giant ran downstairs.

His heart was full of joy.

Out the front door he came.

The giant ran straight to the boy.

But then he stopped.

Now he could see the boy's hands.

There were red marks on them.

"Who put nails in your hands?"

asked the giant.

He was furious.

Then, the giant saw the boy's feet.

They were bare and white in the grass.

They also had red marks on them.

Now, the giant shook with anger. 거인은 화가 나서 몸이 떨렸어.

"Tell me who did this!" he shouted.

"I will get my sword.

I will punish the wicked person."

The boy held up his hands. 그 못된 사람을 벌 주겠어.

"Do not do that," he said.

His expression was calm.

"These are wounds of love," he said.

Check Up

소년은 자신의 상처에 대해 어떻게 말했나?

ⓐ 사랑의 상처이다.

ⓑ 싸우던 도중 상처가 났다.

정답: ⓐ

- mark 자국, 흠집
- nail 못
- furious 몹시 화가 난
- bare 벌거벗은
- shake with anger 분노로 떨리다
  (shake-shook-shaken)
- sword 칼, 검

- punish 벌주다
- wicked 못된, 사악한
- person 사람, 개인
- hold up 들어 올리다 (hold-held-held)
- expression 표정
- calm 침착한, 차분한
- wound 상처, 부상

The giant stopped feeling angry.

He was filled with wonder.

"Who are you?" he asked the boy.

The boy smiled.

"One day, long ago, you were kind to me.

You let me play in your garden.

Today, it is my turn to be kind to you.

Come and play in my garden.

You will find peace and happiness."

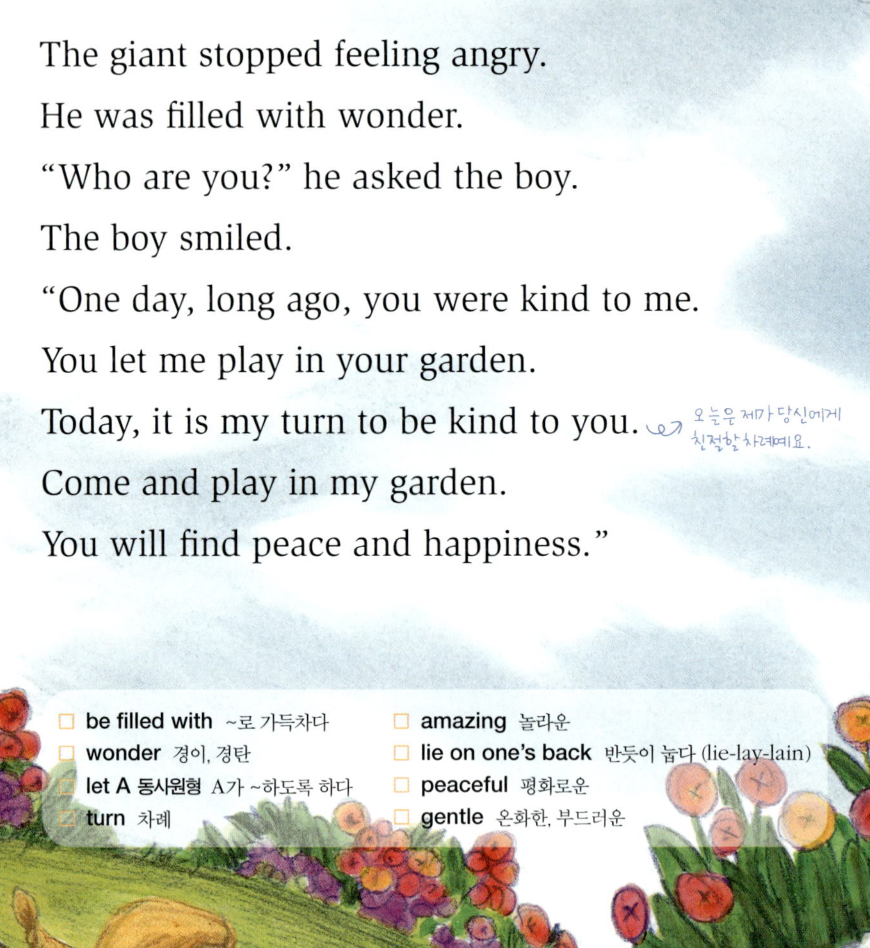

- [ ] **be filled with** ~로 가득차다
- [ ] **wonder** 경이, 경탄
- [ ] **let A 동사원형** A가 ~하도록 하다
- [ ] **turn** 차례
- [ ] **amazing** 놀라운
- [ ] **lie on one's back** 반듯이 눕다 (lie-lay-lain)
- [ ] **peaceful** 평화로운
- [ ] **gentle** 온화한, 부드러운

That afternoon, the school children came.

They entered the garden.

They saw something amazing.

The giant lay on his back under a tree.

White blossoms covered him.

He looked peaceful.

A gentle smile was on his lips.

Comprehension Quiz

A 다음 질문에 대한 답으로 퍼즐을 완성하세요.

❶ What replaced snow in the spring?

❷ What did the little boy have on his hands and feet?

❸ What was on his lips when the giant lay under the tree?

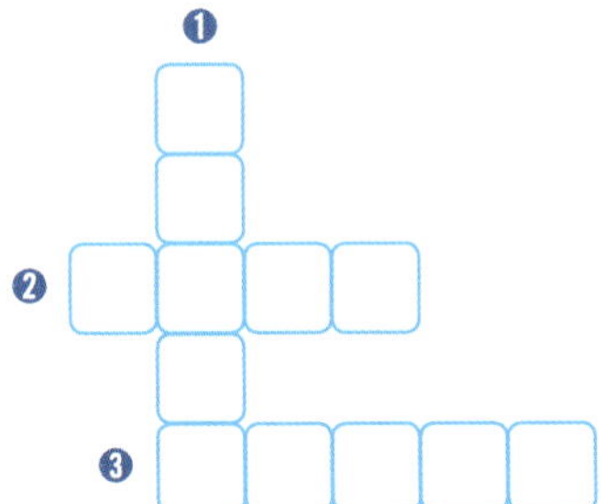

B 다음 내용이 옳으면 T, 틀리면 F에 표시하세요.

❶ The giant was dreaming when he looked out the window. ☐T ☐F

❷ The little boy didn't look any older. ☐T ☐F

❸ The giant got his sword and killed those who hurt the little boy. ☐T ☐F

❹ The school children found the giant lying under a tree. ☐T ☐F

Answers

A ❶ grass ❷ mark ❸ smile
B ❶ F ❷ T ❸ F ❹ T

C 다음 질문에 알맞은 답을 고르세요.

❶ 거인이 상처에 대해 얘기했을 때 소년의 감정은 어떠했나요?

(a) Calmness   (b) Embarrassment

(c) Surprise   (d) Confusion

❷ 나무 밑에 누워 있는 거인의 몸에는 무엇이 덮여 있었나요?

(a) Dark green leaves

(b) Ripe peaches

(c) Red roses

(d) White blossoms

D 이야기 전개에 맞게 다음 문장을 다시 배열하세요.

❶ The giant pinched himself.

❷ The little boy invited the giant to the boy's garden.

❸ The giant saw the little boy's wounds.

❹ The school children found the giant in the garden.

_______ ⇨ _______ ⇨ _______ ⇨ _______

Answers

C ❶ (a)   ❷ (d)

D ❶ ⇨ ❸ ⇨ ❷ ⇨ ❹

권말부록

독해 길잡이 | 리스닝 길잡이

독해 길잡이

영문 독해력 증강을 위한 영어의 **뼈대 읽기 연습**

독해를 잘하기 위한 첫 관문은 영어 문장의 구조를 잘 이해하는 것입니다.
아무리 복잡해 보이는 문장이라도 기본 뼈대만 알면 문제없이 해결할 수 있습니다.
영어 문장은 주로 어떤 형태로 이루어지는지 알아봅시다.

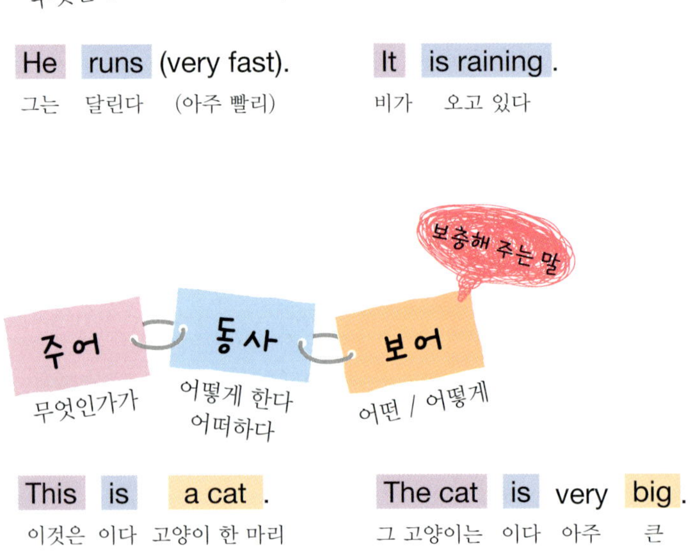

"영문의 골격은 생각보다 간단하다"
모든 영어 문장은 주어와 동사로 이루어져 있습니다. 문장이 아무리 길고 복잡해도 그 뼈대는 [주어+동사]이며, [보어]와 [목적어]는 주어와 동사를 보강해 주는 역할을 하죠. 나머지 수식어나 수식절, 부사 등은 모두 기본문장을 꾸미는 엑스트라라고 생각하면 영문을 읽기가 한결 쉬워질 것입니다.

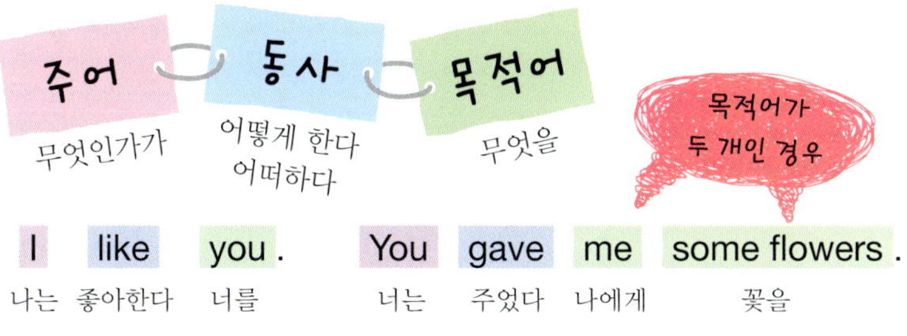
주어   동사   목적어
무엇인가가   어떻게 한다 어떠하다   무엇을
목적어가 두 개인 경우
I like you .
나는 좋아한다 너를
You gave me some flowers .
너는 주었다 나에게 꽃을

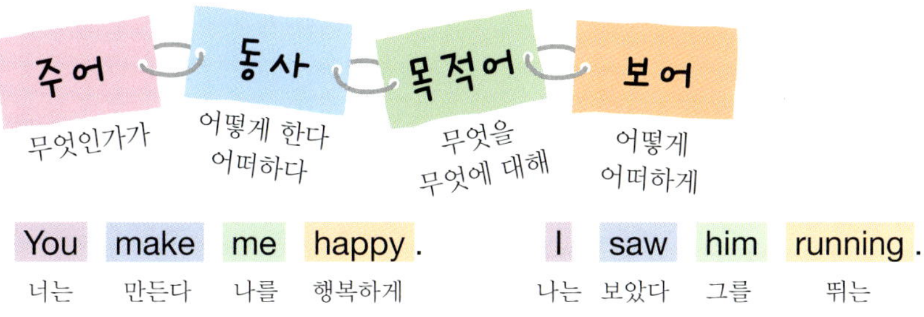
주어   동사   목적어   보어
무엇인가가   어떻게 한다 어떠하다   무엇을 무엇에 대해   어떻게 어떠하게
You make me happy .
너는 만든다 나를 행복하게
I saw him running .
나는 보았다 그를 뛰는

Most of the children thought the tower was empty .
대부분의 아이들은　생각했다　그 탑이 비어 있다고

They never saw anyone living inside it.
그들은 절대 ~아닌 보았다 아무도 사는 그 안에

However, the door was huge .
하지만 문은 ~이었다 큰

It was obvious that a giant had built it.
~이었다 분명한 거인이 그것을 지었다는 것이

The children didn't dare go inside.
아이들은 ~하지 않았다 감히 ~하다 들어가는 것을 안으로

They were happy enough in the garden.
그들은 ~이었다 행복한 충분히 정원에서

Actually, the place did belong to a giant.
실제로 그 장소는 ~했다 속하다 거인에게

He had left seven years ago.
그는 떠났다 7년 전에

He went to the coast.
그는 갔다 해안으로

His cousin lived there.
그의 사촌은 살았다 거기에

Seven years is not a long time for giants.
7년은 ~이다 아닌 긴 시간 거인들에게

It was just enough time for a good conversation.
그것은 ~이었다 단지 충분한 시간 좋은 대화를 위한

The plants continued to sleep .
식물들은 계속했다 잠자기를

The land was under a blanket of snow.
땅은 ~있었다 두터운 눈 밑에

The tree branches remained empty of leaves and blossoms.
나뭇가지들은 ~인 채 남아 있었다 없는 잎과 꽃이

Birds did not visit .
새들은 ~하지 않았다 방문하다

They wanted to sing to the children.
그들은 원했다 노래하기를 아이들에게

But there were no children in the giant's garden.
하지만 있었다 아무 아이들도 없는 거인의 정원에

So they flew on to sing elsewhere.
그래서 그들은 날았다 노래하기 위해 다른 곳에서

Once in a while, a flower would come up .
가끔씩 꽃이 ~하곤 했다 올라오다

It would poke its head through the snow.
그것은 ~하곤 했다 내밀다 그것의 머리를 눈 사이로

Then, it would see the signs .
그때 그것은 ~하곤 했다 보다 표지판들을

At once, it felt sorry for the children.
당장 그것은 느꼈다 유감스러운 아이들에게

It would retreat under the snow.
그것은 ~하곤 했다 물러나다 눈 아래로

리스닝 길잡이

이제는 CD를 가지고 〈거인의 정원〉을 귀로 즐겨 봅시다. 영문을 들을 때에는 아래의 듣기 요령과 함께 영어의 특징적인 발음 현상 몇 가지만 알고 있으면 훨씬 쉽게 알아들을 수 있습니다.

첫째 영어의 리듬을 타세요.

우리말은 각 글자가 모두 한 박자씩이라면 영어는 절대 그렇지 않습니다. 영어는 발음이 강한 부분과 약한 부분이 연속되면서 리듬을 만들어 냅니다. 즉 단어마다 있는 강세가 문장의 강세가 되어 각 문장마다 고유한 리듬을 만들어 나가게 되는 것입니다. 따라서 영어를 말하거나 들을 때 영어의 리듬을 타는 것은 필수적입니다. 이 리듬이 몸에 익으려면 연습이 많이 필요합니다. 우선 각 단어의 강세가 어디에 있는지 파악하는 것부터 시작합시다.

둘째 강하게 들리는 말 위주로 들으세요.

영어에서는 의미를 전달하는 데 중요한 역할을 하는 단어나 표현을 강하게 발음합니다. 따라서 크게 들리는 말부터 신경 쓰세요. 영어를 처음 들을 때는 모든 단어를 다 듣는 것보다는 자기가 듣는 말이 무슨 의미인지 파악하는 것이 우선입니다. 작게 들리는 말은 대부분 관사나 조동사 등 전체 내용에서 주요한 역할을 하지 못하는 것입니다. 지금 단계에서는 무시하셔도 좋습니다.

셋째 이어지는 말에 주의하세요.

영어는 눈으로 볼 때는 단어들이 각각 떨어져 있어 문제 없지만 들을 때는 사정이 달라집니다. 우리말과 마찬가지로 영어도 앞뒤 단어의 음이 합쳐지는 경우가 많습니다. 예를 들어 '옷을 벗다'의 의미인 take off는 [테이크 어프]가 아니라 [테이커프]처럼 한 단어같이 들리게 됩니다. 이런 것을 '연음 현상'이라고 하지요.

★ 이제 영어 리스닝에서 주의해야 할 매우 기초적인 사항을 알게 되었습니다.

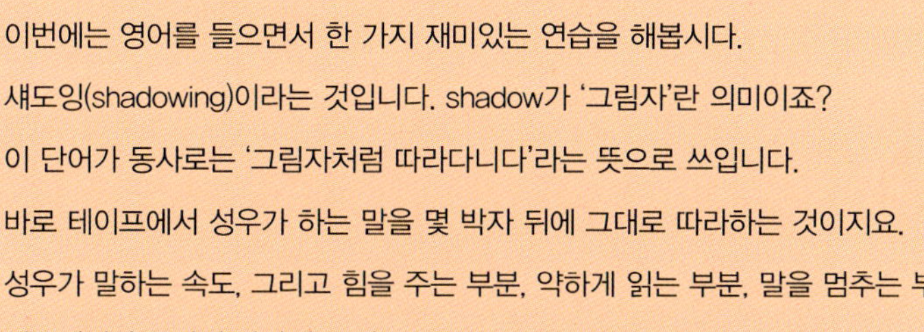

이번에는 영어를 들으면서 한 가지 재미있는 연습을 해봅시다.

섀도잉(shadowing)이라는 것입니다. shadow가 '그림자'란 의미이죠?

이 단어가 동사로는 '그림자처럼 따라다니다'라는 뜻으로 쓰입니다.

바로 테이프에서 성우가 하는 말을 몇 박자 뒤에 그대로 따라하는 것이지요.

성우가 말하는 속도, 그리고 힘을 주는 부분, 약하게 읽는 부분, 말을 멈추는 부분을

앵무새처럼 똑같이 따라해 보세요.

자기도 모르는 사이에 영어 말하기와 듣기 실력이 쑥쑥 늘어날 것입니다.

이 방법은 전문가들 사이에서도 효과가 입증되어 있답니다.

물론 각각의 어구와 문장들이 무슨 뜻인지 생각하면서 읽으셔야겠죠.

자기가 따라할 수 있는 부분까지 듣고 CD를 멈춘다.
그리고 큰 소리로 따라한다.

자기가 따라할 수있는 부분까지 듣고 큰 소리로 따라한다.
소리내어 말하는 동시에 CD에서 나오는 소리를 들으며 돌림노래 부르듯
따라한다.

1, 2단계 때보다 조금씩 더 많이 들으며 섀도잉한다.

즐거운 리스닝 연습

CHAPTER ONE : page 12-13

In mid-afternoon, the (❶   ) bell rang. Children poured
(❷   ) the school building. They ran across the road to a
garden. It was a beautiful garden. Green grass covered the
ground. Brightly colored flowers rose (❸   ) the grass.

❶ **school** [ㅅ쿠울/ㅅ꾸울] s 다음에 p, t, k음이 오면 된소리로 발음되는 경향이 있
어요. 이어지는 모음은 장모음으로 길게 발음되니 유의하세요. 우리 말 하듯이 '스
쿨'이라고 하면 좀 어색하게 들릴 수 있어요.

❷ **out of** [아우러브] out의 t와 of의 o-가 연음되었어요. 미국영어에서 t는 모음 사
이에 있으면 /r/로 발음되는 경향이 있어요. 강조할 때, 또는 영국영어에서는 일어
나지 않는 현상이에요.

❸ **above** [어버ㅂ/으버ㅂ] above는 2음절에 강세가 있어요. 이런 경우 앞의 음절은
상대적으로 더 약하게 들려요. a-는 /으/로 들리거나 아예 생략되기도 해요.

CHAPTER TWO : page 26-27

Winter came, and the children's (❶   ). The children
stayed home. Snow and frost (❷   ) land. Finally, Spring

다음은 〈The Selfish Giant〉의 앞부분입니다. 처음이 잘 들리면 계속해서 부담이 없지요. 우선 이 앞부분 들을 들어 보세요. 그리고 괄호 안이 어떻게 들리는지 귀 기울이십시오. 또한 이어지는 각 발음에 대한 설명을 잘 읽어 보세요. 영어의 대표 발음 현상을 위주로 알기 쉽게 해설했으므로 여기에 나오지 않는 부분도 문제 없이 들을 수 있을 것입니다.

arrived and brought life with her. The snow melted, and green grass grew. Flowers (❸).

❶ **lessons stopped** [레슨ㅅ땁ㅌ] lessons의 -s와 stopped의 s-가 이어져 있어요. 이렇게 같은 음이 연속되면 영어에서는 한 번에 묶어서 발음하는 경향이 있어요. 이 현상은 한 단어 안에서도 일어나는데, 예를 들어 summer는 '썸머'가 아니라 [써머]처럼 발음해요.

❷ **covered the** [커버r더] covered의 -d와 the의 th-가 이어져 있어요. 이렇게 비슷한 음이 연속되어도 한 번에 발음해요. 이 경우 듣기만 해서는 동사의 시제가 과거형인 것을 파악하기 힘드니 문맥으로 알아야 해요.

❸ **appeared** [어피어r드] 마지막에 오는 -d 음은 매우 약하게 들려요. '드' 하고 소리내기보다는 '으'음을 빼고 자음 'ㄷ' 소리만 내야 자연스러워요. 빨리 말할 때는 아예 발음되지 않기도 해요.

CHAPTER THREE : page 40

One day, the giant (❶) at the ceiling as usual. He heard some lovely music. "Where is that coming from?" he wondered. "The king's musicians (❷) passing by."

❶ **was staring** [워ㅅ떼어륑] 여기서도 was의 -s와 staring의 s-가 이어져서 한 번에 발음했어요. staring의 s- 다음에 오는 t는 된소리로 소리나는 경우가 많다는 것도 알아두세요.

❷ **must be** [머ㅅ(ㅌ)비] must의 -st와 be의 b가 이어지면서 자음이 3개가 연속되었어요. 이런 경우, 가운데 있는 자음은 생략되기 쉬워요.

❸ **just a** [저ㅅ터] just의 마지막 -t음과 a가 연음되었어요. 이렇게 자음으로 끝나는 단어와 모음으로 시작되는 단어가 이어지면 종종 연음되어 우리가 예상하는 발음과 다르게 들리기 십상이에요. 흔히 쓰이는 표현에 연음현상이 잘 일어나면 발음도 챙겨서 익혀 두세요.

CHAPTER FOUR   : page 58

❶ **completely** [컴플리틀리/컴플릿을리] 발음상 l 또는 n 다음에 t음이 오면 성대를 막았다가 /읏/ 또는 /은/ 하고 소리내기도 해요. 다른 예로, gotten은 [가튼]이라고도 하지만 [갓은]처럼도 발음한답니다.

❷ **is yours** [이쥬어r人] 강조해서 발음하는 경우가 아닌 이상 연음되는 경우가 대부분이에요.

❸ **right** [롸잇] 또박또박 '라이트'라고 발음하지 않아요. 마지막에 오는 -t 음을 앞 모음의 받침처럼 발음해야 자연스러워요.

CHAPTER FIVE : page 70

> One winter morning, the giant (❶   ). He did not hate winter now. The season only lasted a few months. Soon, it (❷   ) be spring again. The trees would bloom. Green grass would replace (❸   ) snow. Flowers would give off their perfume.

❶ **woke up** [워컵] 두 단어 사이에 연음이 일어났어요. 현재형 wake up도 [웨이컵]이에요. 이렇게 흔히 이어서 쓰는 표현은 발음도 한 단어처럼 익혀 두세요.

❷ **would** [웃/우] would는 조동사로 동사에 비해 비중있는 단어는 아니지요. 이런 경우 발음이 매우 약해져요. 짧게 [웃]이나 [우]처럼 발음되기 쉽답니다. 참고로, 조동사 could도 [쿳]이나 [쿠]로 가볍게 소리내요.

❸ **white** [와잇] white의 발음은 '화이트'가 아니에요. 우리가 흔히 쓰는 외래어나 외국어의 발음과 원래 발음은 상당히 다른 경우가 많아요. 아는 단어라고 생각해서 발음까지 쉽게 생각하기 쉬운데, 이렇게 예상과 다른 발음이 리스닝에 걸림돌이 될 수도 있답니다.

Listening Comprehension

A 다음을 듣고 옳은 단어를 고르세요.

❶ The children (cut down / climbed) the trees.

❷ The giant put (lines / signs) on the wall.

❸ It was just a (bluebird / flute player).

❹ The (branches / teachers) were just out of reach.

❺ The giant sat on the (lean / green) grass.

B 다음을 듣고 빈칸을 채운 후, 내용이 옳으면 T, 틀리면 F에 표시하세요.

❶ The castle was mostly just a ______________ ______________. T F

❷ The children ______________ play on the road. T F

❸ The giant would ______________ inside his castle. T F

❹ The children had ______________ through a small ______________ in the wall. T F

❺ The giant ______________ some ______________ to make benches. T F

Answers

A ❶ climbed ❷ signs ❸ bluebird ❹ branches ❺ green

B ❶ The castle was mostly just a round tower. (T)

   ❷ The children could play on the road. (F)

   ❸ The giant would shiver inside his castle. (T)

   ❹ The children had crawled through a small hole in the wall. (T)

   ❺ The giant cut some trees to make benches. (F)

 다음 질문을 듣고 알맞은 답을 고르세요.

❶ ____?

   (a) They turned pink.

   (b) They became peaches.

   (c) They fell off the trees.

❷ ____?

   (a) dusty and full of small rocks

   (b) wide, paved and clean

   (c) big, busy and full of speeding cars

❸ ____?

   (a) a funny hat

   (b) many fur coats

   (c) large fur boots

❹ ____?

   (a) It became small and cold.

   (b) It grew too big and burst.

   (c) It grew in warmth and size.

Answers

C ❶ What did the tree blossoms do during summer? (b)

    ❷ What was the road outside the school like? (a)

    ❸ What did North Wind wear? (b)

    ❹ What happened to the giant's heart when he saw the little boy? (c)

전문 번역

거인의 정원

p. 12-13 　오후 중반에 학교종이 울렸다. 아이들이 학교 건물 밖으로 쏟아져 나왔다. 그들은 정원으로 가는 길을 가로질러 뛰었다. 그것은 아름다운 정원이었다. 푸르른 잔디가 땅을 덮고 있었다. 밝은 색상의 꽃들이 잔디 위로 올라왔다. 나무들은 그 꽃들 위로 우뚝 솟아 있었다. 나무는 12그루가 있었다. 각각의 나무는 키가 크고 많은 가지들을 가지고 있었고 튼튼했다. 매년 봄에 나무들은 흰색과 분홍색의 꽃들을 피웠다. 여름 동안에 그 꽃들은 복숭아가 되었다. 가을에 복숭아들은 익어서 황금빛이 되었다.

p. 14-15 　그곳은 놀기에 완벽한 장소였다. 아이들은 시원하고 빽빽한 잔디 위에 앉았다. 그들은 꽃을 따서 머리에 꽂았다. 그들은 나무 위로 올라갔다. 그들은 나뭇가지에서 서로에게 소리쳤다. 가을이면 맛있는 과일을 즐겼다. 새들은 나무 꼭대기에서 노래했다. 아이들은 즐겁게 들었다. "우리는 여기 있으니 정말 행복해." 아이들은 자주 말하곤 했다. 이 정원은 오래된 성을 둘러싸고 있었다. 그것은 그다지 큰 성은 아니었다. 그것은 거의 그냥 둥근 탑이었다.

p. 16-17 　대부분의 아이들은 그 탑이 비었다고 생각했다. 그들은 그 안에 누군가 살고 있는 것을 본 적이 없었다. 하지만 문이 매우 컸다. 거인이 그것을 지은 것이 확실했다. 아이들은 감히 안으로 들어가려고 하지 않았다. 그들은 정원에 있는 것만으로도 충분히 행복했다. 사실 그곳은 한 거인의 소유였다. 그는 7년 전에 떠났다. 그는 해안으로 갔다. 그의 사촌이 거기에 살았다. 7년은 거인들에게는 긴 시간이 아니다. 좋은 대화를 나눌 수 있을 정도의 시간일 뿐이었다.

p. 18-19 　7년 후에 거인들은 대화를 멈췄다. 그들은 더 이상 할 말이 없었다. 거인은 집에 돌아가기로 마음먹었다. 도착했을 때 그는 아이들을 보았다. 그들은 그의 탑 주위를 뛰어다니고 있었다. 그들은 그의 나무에 오르고 있었다. 거인은 매우 화가 났다. "너희들 여기서 뭐 하는 거냐?" 그가 고함쳤다. 그의 목소리는 힘이 넘쳤다. 그는 매우 못된 것 같았다. "이건 내 정원이야! 누가 너희들에게 여기서 놀아도 된다고 했지?" 아이들은 도망갔다.

p. 20-21 　거인은 매우 이기적이었다. 그의 정원은 컸다. 그는 그것을 항상 사용하는 것은 아니었다. 하지만 그는 그 누구와도 함께 쓰고 싶지 않았다. 사실 그는 모욕감을 느꼈다. 아이들은 그의 소유물에 있을 권리가 없었다. 그는 정원 주위에 높은 돌담을 쌓았다. 그는 담에 표지판을 세웠다. 그것에는 "출입금지! 무단침입자들은 처벌 받을 것임!"이라고 쓰여 있었다. 만족하여 거인은 자신의 집에 자리를 잡았다. 이제 아이들은 슬펐다.

p. 22-23 　학교종이 울리자 그들은 밖으로 걸어나갔다. 그들은 길 건너 높은 담을 보았다. 그들은

놀 곳이 없었다. 그들은 길 위에서 놀 수는 없었다. 그곳은 먼지투성이였고 작은 돌들이 잔뜩 있었다. 그곳은 또한 위험했다. 말과 마차가 자주 지나갔다. 그래서 아이들은 그냥 담 주위를 걸어 다녔다. 그들은 낮고 슬픈 목소리로 말했다. "그 아름다운 정원 기억나니?" 그들은 말하곤 했다. "우리는 거기에서 정말 행복했는데."

[제 2 장] 기나긴 겨울

p. 26-27 겨울이 왔고 아이들의 수업은 중단되었다. 아이들은 집에 머물렀다. 눈과 서리가 땅을 덮었다. 마침내 봄이 도착해 생기를 가져왔다. 눈은 녹았고 푸른 풀이 자랐다. 꽃들이 나타났다. 새들은 나무에서 노래했다. 하지만 이러한 변화는 정원에는 일어나지 않았다. 거인의 담 안에는 여전히 겨울이 있었다. 봄은 담에 있는 표지판을 보았다. "출입금지!" 그래서 봄은 들어가지 않았다.

p. 28-29 식물들은 계속해서 잠을 잤다. 땅은 두텁게 덮인 눈 아래에 있었다. 나뭇가지들은 나뭇잎과 꽃이 없는 채였다. 새들은 찾아오지 않았다. 새들은 아이들에게 노래를 해 주고 싶었다. 하지만 거인의 정원에는 아이들이 없었다. 그래서 그들은 노래하기 위해 다른 곳으로 날아갔다. 이따금 꽃이 나오곤 했다. 꽃은 눈을 헤치고 머리를 내밀었다. 그러고 나서 꽃은 표지판을 보았다. 꽃은 금방 아이들이 가여워졌다. 꽃은 눈 아래로 물러갔다. 꽃은 다시 잠자리에 들었다. 나무는 꽃을 만들고 싶지 않았다. 나무도 슬펐다.

p. 30-31 오직 눈과 서리만이 행복했다. "봄은 이 정원을 잊어 버렸어." 눈이 말했다. "우리는 여기서 일년 내내 놀 수 있어." 서리가 말했다. 눈은 더 두꺼운 눈 담요를 깔았다. 서리는 나무를 은빛으로 만들었다. 그러고 나서 그들은 같이 놀기 위해 북풍을 초대했다. 북풍은 털 코트를 여러 겹 입고 도착했다. 그는 담 안쪽에서 굉음을 내며 돌아다녔다. 북풍이 지나가자 나무들이 휘어졌다. 때때로 북풍은 굴뚝 아래로 불기도 했다. 거인은 성 안에서 추위에 떨곤 했다. "여기는 정말 마음에 드는 곳이구나!" 북풍이 말했다. "우린 우박도 한번 찾아오라고 초대해야 해."

p. 32-33 우박이 파티에 합류하기 위해 왔다. 우박은 정원 주위를 뛰었다. 그는 될 수 있는 한 빨리 뛰는 것을 좋아했다. 그의 옷은 회색이었다. 그의 숨은 얼음장과 같았다. 매일 그는 우박을 뿌렸다. 그것은 성 지붕을 두드렸다. 얼음이 지붕 기와와 창문을 부쉈다. 거인은 성 안의 불 가에 앉았다. 매일 저녁 그는 깨진 창문에 판자를 대었다. 매일 아침 그는 일어나서 밖을 보곤 했다. "이거 참 이상하군." 그가 생각했다. "왜 봄이 이렇게 늦게 오는 걸까." 매일 거인은 좀더 따뜻한 날씨가 오길 바랐다. 그것은 결코 오지 않았다.

p. 34-35 담의 바깥쪽에서는 봄이 여름으로 변했다. 여름은 가을에게 길을 내주었다. 가을은 여러 정원에 잘 익은 맛있는 과일을 주었다. 그러고 나서 가을은 거인의 정원에 갔다. "그는 너무 이기

적이야." 가을이 생각했다. "난 그에게 어떤 선물도 주지 않을 거야." 그래서 그냥 지나쳐 버렸고 멈추지 않았다. 그 해 그 정원에는 과일이 하나도 열리지 않았다. 겨울은 얼음장 같이 차가운 손으로 계속 움켜쥐고 있었다. 눈, 서리, 북풍 그리고 우박 은 계속해서 놀았다. 바깥 세상에는 겨울이 다시 찾아왔다. 이때 거인은 늘상 침대에 누워 있었다. 돌아다니기에는 너무 추웠다. 수 개월 동안 그는 그냥 이 불 밑에 누워 있었다.

[제 3 장] 봄이 돌아오다

p. 40-41 어느 날 거인은 평상시처럼 천장을 처다보고 있었다. 그는 아름다운 음악 소리를 들었다. "저 소리가 어디서 흘러나오는 거지?" 그는 궁금했다. "궁 정 악사들이 지나가고 있는 게 틀림없어." 실제로는 그것은 그냥 파랑새였 다. 그 새는 그의 방 창문 밖에서 노래하고 있었다. 거인이 새소리를 들 은 것은 꽤 오랜만이었다. 그는 그 음악이 훌륭하다고 생각했다. 우박이 지붕 위에서 춤추기를 멈췄다. 북풍이 굴뚝 아래로 부는 것을 멈췄다.

p. 42-43 그러고 나서 거인은 향내를 맡았다. 그것은 싱싱한 꽃의 달콤한 내음이었다. "봄이 마침내 온 것 같아." 거인이 생각했다. 그는 침대에서 벌떡 일어났다. 그는 창문으로 갔다. 거인은 길에서 왕을 보게 되리라 기대했다. 대 신에, 그는 상당히 놀라운 뭔가를 보게 되었다. 아이들이 그의 정원에서 놀고 있었다. 그들은 담에 난 작은 구멍을 통해 기어들어 온 것이었다. 어떤 아이들 은 나무 밑에서 뛰고 있었다. 초록 잔디가 그들의 발 밑에 있었다. 거인은 초록 잔디를 다시 보게 돼 서 기뻤다.

p. 44-45 다른 아이들은 나무에 올랐다. 그들은 나뭇가지에 앉아서 놀았다. 나 무들은 기뻐하는 것 같았다. 나무들은 아이들을 환영했다. 나뭇가지는 살며시 아 이들 위에서 흔들렸다. 분홍색과 흰색의 꽃들이 나뭇가지들을 덮었다. 새는 나무 들 사이로 날았다. 새들의 노래는 매우 사랑스러웠다. 꽃들도 피었다. 꽃들은 잔디 위로 높게 서 있었다. 모두가 즐거운 시간을 보내고 있었다. 그것은 아름다운 광경이 었다. 거인의 차가운 마음이 따뜻해지기 시작했다. 그는 자신 안에서 다정함이 자 라나는 것을 느꼈다.

p. 46-47 그러고 나서 거인은 그는 이상한 것을 보았다. 정원의 한 구석 에 겨울이 남아 있었다. 그 구석에 작은 소년이 있었다. 그는 나무를 올려다 보고 있었다. 그는 너무 작아서 나무에 오르지 못했다. 그는 나무 주위를 걸 으면서 울었다. 그 나무는 여전히 눈과 서리로 덮여 있었다. 북풍이 나무 꼭 대기에서 으르렁댔다. "올라와, 꼬마야!" 나무가 말했다. 나무는 자신의 나뭇

가지를 낮추기까지 했다. 하지만 소년은 너무 작았다. 그는 그 높이까지 닿지 못했다. 거인은 갑자기 깨달았다. 아이들이 없으면 정원은 무용지물이라는 것을. 그의 마음만큼 차갑게 남아 있을 것이라는 것을. 이러한 깨달음에 거인은 변했다.

p. 48-49 거인의 마음이 따뜻해지고 커지는 것 같았다. "내가 얼마나 이기적이었던가!" 그가 외쳤다. 그는 아래층으로 달려가서 현관 밖으로 나갔다. 처음에 아이들은 충격 받았다. 그들은 매우 두려웠다. 그들은 거인이 떠났다고 생각했다. 지난 해 내내 아무도 그를 보지 못했다. 거인은 그들에게 전혀 주의를 기울이지 않았다. 그는 곧장 정원의 구석으로 달려갔다. 그는 꼬마 소년에게 곧장 달려갔다. 다른 아이들이 황급히 흩어졌다.

p. 50-51 아이들이 떠나자 정원이 변했다. 눈이 다시 땅을 덮었다. 꽃들이 사라졌다. 나무의 꽃들이 나뭇가지 속으로 다시 들어갔다. 서리가 나무를 덮었다. 거인은 이런 일들을 알아채지 못했다. 그는 오직 그 작은 소년만 바라보았다. 소년은 거인이 오고 있는 것을 알지 못했다. 그는 눈물 사이로 그다지 많은 것을 볼 수는 없었다. 그는 나무만 바라보았다. 나뭇가지가 손에 닿지 않았다. 거인이 걸음을 늦췄다. 그는 소년 뒤로 왔다.

p. 52-53 거인은 부드럽게 소년의 손을 잡았다. "내가 도와줄게, 꼬마야." 그가 말했다. 그러고 나서 그는 손을 소년의 옆구리에 얹었다. 거인은 소년을 쉽게 들었다. 그는 소년을 첫 번째 나뭇가지에 가볍게 내려놓았다. 즉각 나무가 변했다. 나무의 몸통에 있던 서리가 사라졌다. 꽃들이 나뭇가지에서 피어났다. 새들은 꼭대기에 있는 나뭇가지에 앉았다. 나무 아래에 있는 땅도 변했다. 초록 잔디가 눈의 자리를 대신했다. 거인은 소년에게 미소 지었다. 소년은 손뼉을 치고 웃었다. 그러고 나서 그는 거인의 목을 껴안았다. 그는 거인의 뺨에 입을 맞췄다.

p. 54-55 다른 아이들이 보고 있었다. 담에 나 있는 구멍을 통해 보고 있었던 것이었다. 그들은 거인이 이제 착해진 것을 알았다. 그는 더 이상 이기적이고 못되지 않았다. 그들은 천천히 정원으로 돌아왔다. 그들의 발 밑에 있는 땅이 변했다. 그것은 눈에서 초록 잔디로 변했다. 꽃들이 천천히 머리를 내밀었다. 꽃들은 아이들이 돌아오는 것을 보았다. 그것들은 다시 높이 섰다. 새들은 나뭇가지로 돌아왔다. 눈, 서리, 북풍, 그리고 우박은 떠났다. 그것들은 거인의 정원에서 자기 자리를 잃었다.

[제 4 장] 새로 태어난 거인

p. 58-59 거인은 완전히 바뀌었다. 그는 이제 미소 지었다. 그의 눈은 상냥했다. 그는 말했다. "얘들아, 날 용서해줘. 이 정원은 이제 너희들 거야. 여기서 놀아, 그리고 행복해져라." 그러고 나서 거인은 자신의 탑으로 들어갔다. 그는 곧바로 다시 나왔다. 거대한 망치가 그의 손에 들려 있었다. 그는 그것을 사용해서 담을 허물었다. 그는 돌들을 집어 들었다. 그는 아이들을 위해 벤치를 만들었다. 그는 아이들이 그 위에서 뛸 수 있게 돌들을 놓았다. 정오에 그의 작업은 끝났다.

p. 60-61 마을사람들은 그 길로 지나갔다. 그들은 놀라서 그 광경을 보았다. 아이들은 나무 밑에

서 즐겁게 놀았다. 그들은 평평한 돌길을 따라 경주했다. 거인은 초록 잔디 위에 앉았다. 대담한 아이들은 거인의 등을 탔다. 그들은 그의 양어깨에 앉았다. 거인은 크고 깊은 웃음소리를 냈다. 그 광경은 경이롭고 아름다웠다. 저녁이 왔다. 아이들이 집으로 갈 시간이었다. 아이들은 각각 거인에게 작별인사를 했다. 그들은 그의 너그러움에 감사를 표했다. 거인은 미소 지으며 아이들 각자의 머리를 쓰다듬었다.

p. 62-63　그러고 나서 거인은 얼굴을 찡그렸다. "그런데 가장 작은 그 소년은 어디 있니?" 그가 물었다. "내가 나무에 올려 주었던 그 애 말이야." 다른 아이들은 주위를 둘러보았다. 그들은 그 소년이 어디에 있는지 몰랐다. "아마도 걔는 이미 집에 돌아갔나 봐요." 작은 소녀가 말했다. "그 애한테 내일 다시 오라고 말해줘." 거인이 말했다. 하지만 아이들 중 아무도 그 꼬마에 대해 그다지 알지 못했다. "우리는 오늘 말고는 그 남자아이를 전에 본 적이 없어요." 한 아이가 말했다. "그 애 가족이 얼마 전에 여기로 이사를 온 것 같았어요." 다른 아이가 말했다.

p. 64-65　거인은 슬펐다. 그는 그 꼬마를 가장 좋아했다. 그는 그 소년이 그에게 해준 포옹과 입맞춤을 기억했다. 매일 오후에 아이들이 왔다. 방과 후에 그들은 뛰어서 길을 가로지르곤 했다. 거인은 그들을 환영했다. 그는 아이들과 함께 놀았다. 그는 온화하려고 신경썼다. 매일 그는 자신의 작은 친구를 찾았다. 하지만 그 꼬마는 나타나지 않았다. "정말 그 애가 보고 싶구나." 거인이 말했다.

p. 66-67　여러 해가 지났다. 아이들은 자랐다. 그들은 자신의 가족을 갖게 되었다. 그들은 자기 아이들을 보내 정원에서 놀게 하였다. 새로운 아이들이 와서 놀았다. 그들은 거인과 친구가 되었다. 거인은 늙고 약해졌다. 그는 정원에 큰 의자를 놓았다. 그는 아이들이 자신의 주위에서 노는 동안 거기에 앉았다. 그는 아이들의 모험에 미소 지었다. 그들의 명랑함은 그를 
행복하게 했다. 그는 앉아서 정원과 아이들을 감탄하며 바라보았다. "난 아름다운 꽃을 많이 가지고 있어." 그가 생각했다. "내 나무들은 가장 맛있는 과일들을 키우지. 하지만 아이들이 그 모든 것 중에서 가장 아름다워."

[제 5 장] 소년, 돌아오다

p. 70-71　어느 겨울 아침에 거인은 잠에서 깼다. 그는 이제 겨울을 싫어하지 않았다. 그 계절은 몇 달 동안만 지속될 뿐이었다. 곧 다시 봄이 올 것이다. 나무에 꽃이 필 것이다. 초록 잔디는 하얀 눈을 대신할 것이다. 꽃들은 향기를 발할 것이다. 거인은 옷을 입기 시작했다. 그는 창문 쪽으로 움직였다. 그는 이상한 광경을 보았다. 그는 눈을 비볐다. 그가 아직 잠들어 꿈꾸고 있었던 것인가? 그는 자신을 꼬집었다. "아우, 아파." 그가 말했다. 그는 자신이 꿈을 꾸고 있는 것이 아님을 알았다. 하지만 그 광경은 놀라웠다.

p. 72-73 그의 정원 대부분은 춥고 음울했다. 정원의 딱 한 구석만 빛났다. 따뜻한 황금색 빛이 그 부분을 감쌌다. 이 한 구석에는 은빛 나무 한 그루가 서 있었다. 나뭇가지는 흰색 꽃들로 덮여 있었다. 나무 밑에 있는 잔디는 진한 녹색이었다. 그리고 그 잔디에는 한 꼬마가 서 있었다. 거인은 눈을 비볐다. 그는 자신이 본 것을 믿을 수 없었다. 그것은 오래 전의 그 꼬마였다! 이제 그가 다시 여기에 있었다. 그는 나이가 더 들어 보이지 않았다. 거인은 아래층으로 뛰어갔다. 그의 가슴은 기쁨으로 가득 찼다. 정문 밖으로 그가 나왔다.

p. 74-75 거인은 꼬마에게로 곧장 뛰어갔다. 하지만 그러고 나서 그는 멈췄다. 이제 그는 꼬마의 손을 볼 수 있었다. 그 양손에는 빨간 자국이 있었다. "누가 네 손에 못을 박았니?" 거인이 물었다. 그는 몹시 회기 났다. 그때 기인이 꼬마의 발을 보았다. 그것은 맨발이었고 잔디 속에서 하얬다. 발에도 역시 빨간 자국이 있었다. 이제 거인은 분노로 몸이 떨렸다. "누가 이랬는지 말해 봐!" 그가 외쳤다. "내가 칼을 가져오겠어. 내가 그 사악한 사람을 벌줄 거야." 꼬마는 두 손을 들었다. "그러지 마세요." 그가 말했다. 그의 표정은 침착했다. "이것들은 사랑의 상처예요." 그가 말했다.

p. 76-77 거인은 더 이상 화가 안 났다. 그의 마음은 경이로움으로 가득 찼다. "너는 누구니?" 그는 꼬마에게 물었다. 소년은 미소 지었다. "오래 전 어느 날 당신은 나에게 친절하게 대해 줬어요. 당신은 당신의 정원에서 내가 놀 수 있게 해주었지요. 오늘은 제가 당신에게 친절을 베풀 차례예요. 내 정원에 와서 노세요. 당신은 평화와 행복을 찾게 될 거예요." 그날 오후에 학교 아이들이 왔다. 그들은 정원으로 들어왔다. 그들은 놀라운 것을 보았다. 거인이 나무 밑에 반듯이 누워 있었다. 하얀 꽃들이 그를 덮었다. 그는 평화로워 보였다. 부드러운 미소가 그의 입술에 머물러 있었다.

Brian J. Stuart
University of Birmingham (M.A. — TESL/TEFL)
Sungshin Women's University, English Professor
University of Seoul, English Professor
Freelance writer and editor

행복한 명작 읽기 **Basic 9**

거인의 정원
The Selfish Giant

원작 Oscar Wilde
각색 Brian J. Stuart
펴낸이 정규도

초판 1쇄 발행 2012년 4월 20일
초판 3쇄 발행 2018년 11월 19일

편집장 최주연
책임편집 김지영
디자인 정현석, 김나경, 박수경
일러스트 Bridget Taylor
녹음 Jakie Lee, Jessica Smith
번역 김지은

다락원 경기도 파주시 문발로 211
내용문의 (02)736-2031 내선 510
구입문의 (02)736-2031 내선 250~252
Fax (02)732-2037
출판등록 1977년 9월 16일 제406-2008-000007호
Copyright © 2012, 다락원

값 7,000원(오디오 CD 1개 포함)
ISBN 978-89-277-0321-1 48740 / 89-7255-905-9 48740(set)

---

http://www.darakwon.co.kr
다락원 홈페이지를 방문하시면 상세한 출판 정보와 함께 MP3 자료 등 다양한 어학 정보를 얻으실 수 있습니다.

영어 독해력은 물론 창의적 사고력까지 키워주는
수준별 명작 스토리 북 시리즈

행복한 명작 읽기

왕초보를 위한 250단어 Basic 수준에서
초보자~중고급자를 위한 350단어~1,000단어 수준까지
6단계로 구성한 독해력 증강 프로그램

- 교과부 제시 기본 어휘를 바탕으로 꼼꼼하게 설계한 단계별 · 수준별 프로그램
- 친절한 어구 · 문법 설명, 독해 · 리스닝 길잡이, 이해력 확인 퀴즈
- 전문 미국인 성우의 생생한 연기로 드라마보다 재미있는 오디오 CD

www.darakwon.co.kr
tel. 02-736-2031(112~114) 다락원

http://www.darakwon.co.kr

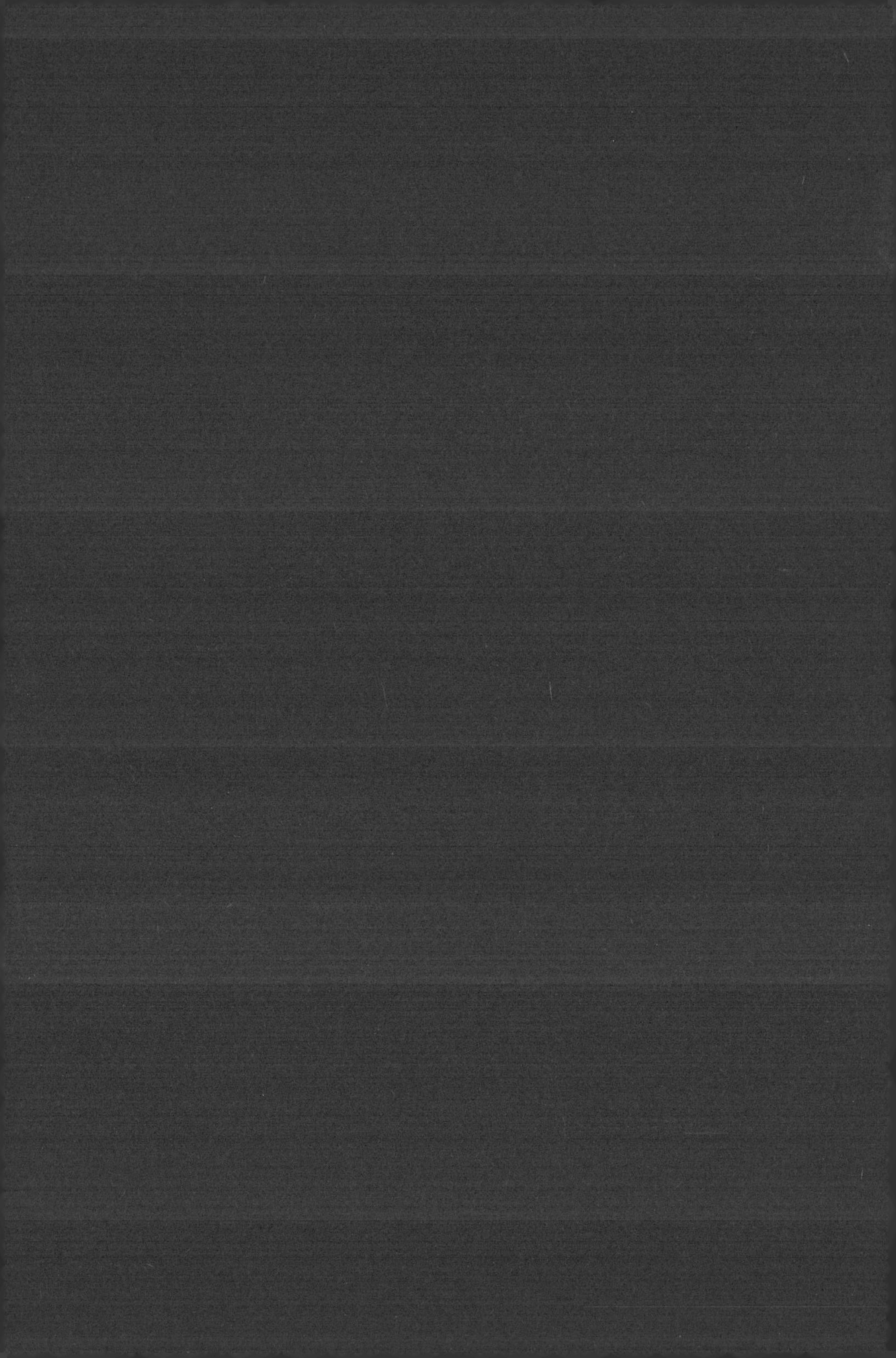